魏·曹植撰

曹子建集

中國書店

詳校官檢討臣何思鈞

臣紀昀覆勘

欽定四庫全書　　集部二

曹子建集　　別集類一 魏

提要

臣等謹案曹子建集十卷魏曹植撰案魏志植本傳景初中撰録植所著賦頌詩銘雜論凡百餘篇副藏内外隋書經籍志載陳思王集三十卷唐書藝文志作二十卷而注其下曰三十卷蓋三十卷者隋時舊本二十卷者

為後來合併重編實無兩集鄭樵作通志畧
亦併載二本焦竑作國史經籍志遂合二本
卷數為一稱植集為五十卷謬之甚矣陳振
孫書録解題亦作二十卷然振孫謂其間頗
有采取御覽書鈔類聚中所有者則捃摭而
成已非唐時二十卷之舊文獻通考作十卷
又併非陳氏著録之舊此編目録後有嘉定
六年癸酉字猶從宋寧宗時本翻刻即通考

所載也善哉行一篇諸本皆作古詞乃誤為植作不知其下所載當來日大難即當此篇也使此為植作將自作而自擬之乎其舛誤疏畧不得謂之善本唐以前舊本既佚後來刻植集者率以是編為祖本別無更古於斯者録而存之亦不得已而思其次也乾隆四十九年二月恭校上

總纂官臣紀昀臣陸錫熊臣孫士毅

總校官臣陸費墀

欽定四庫全書

曹子建集卷一

魏　曹植　撰

東征賦

建安十九年王師東征吳寇余典禁兵衛宫省然神武一舉東夷必克想見振旅之盛故作賦二篇

登城隅之飛觀兮望六師之所營幡旗轉而心異兮舟楫動而傷情顧身微而任顯兮愧任重而命輕嗟我愁

其何為兮心遥思而懸旌師旅憑悳皇穹之靈佑兮亮元勳之必舉揮朱旗以東指兮横大江而莫御

游觀賦

静閒居而無事將遊目以自娱登北觀而啓路涉雲際之飛除從羆熊之武士荷長戟而先驅罷若雲歸會如霧聚車不及回塵不獲舉奮袂成風揮汗如雨

懷親賦 并序

濟陽南澤有先帝故營遂停駕造斯賦焉

猶平原而南鶩覩先帝之舊營步壁壘之常制識旌旗之所停在官曹之典列心髣髴於平生回驥首而永游赴脩途以尋遠情眷戀而顧懷魂須臾而九反

玄暢賦 幷序

夫富者非財也貴者非寶也或有輕爵祿而重榮聲者或有反性命而徇功名者是以孔老異情楊墨殊義聊作賦名曰玄暢

夫何希世之大人罄天壤而作皇該仁聖之上義據神

位以統方補五常之漏闕綴三代以維綱僥余生之倖
禄遘九二之嘉祥上同契於稷卨降合顏於伊望思薦
寶以繼佩怨和璞之始鐫思黃鍾以協律怨伶夔之不
存嗟所圖之莫合悵蘊結而延佇希鵬舉以搏天蹶青
雲而奮羽企駟躍而改駕任中才之展御望前軌而致
策顧後乘而安驅匪逞邁之短脩長前貞而保素弘道
德以為宇築無怨以作藩溜慈惠以為圃耕柔順以為
田不媿景而慚魄言縣天之何欲逸千載而流聲超遺

黎而度俗

幽思賦

倚高臺之曲隅處幽僻之閒深望翔雲之悠悠羌朝霽而夕陰顧秋華而零落感歲莫而傷心觀躍魚於南沼聆鳴鶴於北林搦素筆而慷慨揚大雅之哀吟仰清風以嘆息寄余思於悲絃信有心而在遠重登高以臨川何余心之煩錯寧翰墨之能傳

節遊賦

覽宮宇之顯麗實大人之攸居建三臺於前處飄飛陛以淩虛連雲閣以遠徑營觀榭於城隅亢高輕以回跳緣雲霓而結疏仰西嶽之崧岑臨漳滏之清渠觀靡靡而無終何渺渺而難殊亮虛厚之所處非吾人之所廬於是仲春之月百卉叢生萋萋藹藹翠葉朱莖竹林青蔥珍果含榮凱風發而時鳥讙微波動而水蟲鳴感氣運之和順樂時澤之有成遂乃浮素蓋御驊騮命友生攜同儔誦風人之所歎遂駕言而出遊步北園而馳騖

庶翺翔以解憂望洪池之滉瀁遂降集乎輕舟浮沉蟻
於金罍行觴爵於好求絲竹發而響厲悲風激於中流
且容與以盡觀聊永日而忘愁嗟羲和之奮迅怨曜靈
之無光念人生之不永若春日之微霜諒遺名之可紀
信天命之無常愈志蕩以淫游非經國之大綱罷曲宴
而旋服遂言歸乎舊房

感節賦

攜友生而游觀盡賓主之所求登高墉以永望冀消日

以忘憂欣陽春之潛潤樂時澤之惠休望候鴈之翔集想玄鳥之來游嗟征夫之長勤雖處逸而懷愁懼天河之一回没我身乎長流豈吾鄉之足顧戀祖宗之靈丘唯人生之忽過若鑿石之未燿慕牛山之哀泣懼平仲之我笑折若華之翳日庶朱光之常照願寄軀於飛蓬乘陽風之遠飄亮吾志之不從乃拊心以嘆息青雲鬱其西翔飛鳥翩而止匿欲縱體而從之哀余身之無翼大風隱其四起揚黃塵之冥冥鳥獸驚以來羣草木紛

其揚英見遊魚之涔灊感流波之悲聲内紆曲而潛結心怛惕以中驚匪榮德之累身恐年命之早零慕歸全之明義庶不忝其所生

離思賦并序

建安十六年大軍西討馬超太子留監國植時從焉意有憶戀遂作離思賦云

在肇秋之嘉月將曜師而西旗余抱疾以賓從扶衡軫而不怡慮征期之方至傷無階以告辭念兹君之光惠

庶没命而不疑欲畢力於旌麾將何心而遠之願我君之自愛為皇朝而寶己水重深而魚悅林脩茂而鳥喜

釋思賦 并序

家弟出養族父郎中伊予以兄弟之愛心有戀然作此賦以贈之

彼翔友之離别猶求思乎白駒況同生之義絕重背親而為踈樂鴛鴦之同池羨比翼之共林亮根異其何戚痛别榦之傷心

臨觀賦

登高墉兮望四澤臨長流兮送遠客春風暢而氣通靈草含幹兮木交莖丘陵崛兮松栢青南園薆兮果載榮樂時物之逸豫悲予志之長違歎東山之朔勤歌式微以訴歸進無路以効功退無隱以營私俯無鱗以遊遁仰無翼以翻飛

曹子建集卷一

曹子建集卷二

魏 曹植 撰

潛志賦

潛大道以遊志希往昔之遐烈矯貞亮以作矢當苑囿之呈藝驅仁義以為禽必信忠而後發退隱身以滅跡進出世而取容且摧剛而和謀接處肅以靜恭亮知榮而守辱匪狗天以為通

閒居賦

何吾人之介特去朋正而無儔出靡時以娛志入無樂以消憂何歲月之若鶩復民生之無常感陽春之發節聊輕駕之遠翔登高丘以延企時薄暮而起雨仰歸雲以載奔遇蘭蕙之長圃冀芬芳之可服結春衡以延佇入虛廊之閒館步生風之高廡踐密邇之修除即蔽景之玄宇翡翠翔於南枝玄鶴鳴於北野青魚躍於東沼白鳥戲於西渚遂乃背通谷對緑波藉文茵翳春華丹

轂更馳羽騎相過

慰子賦

彼凡人之相親小離別而懷戀況中殤之愛子乃千秋而不見入空室而獨倚對孤幃而切嘆痛人亡而物在心何忍而復觀日晼晚而既沒月代照而舒光仰列星以至晨衣霑露而含霜惟逝者之日遠愴傷心而絕腸

敘愁賦 并序

時家二女弟故漢皇帝聘以為貴人家母見二弟愁

思故令予作賦曰

嗟妾身之微薄信未達乎義方遭母氏之聖善奉恩化之彌長迄盛年而始立脩女職於衣裳承師保之明訓誦六列之篇章覿圖像之遺形竊庶幾乎英皇委微軀於帝室充末列於椒房荷印紱之令服非陋才之所望對床帳而太息慕二親以增傷揚羅袖而淹涕起出戶而彷徨顧堂宇之舊處悲一別之異鄉

愁思賦

四節更王兮愁氣悲遙思惝怳兮若有遺原野蕭條兮烟無依雲高氣靜兮露凝璣野草變色兮莖葉稀鳴蜩抱木兮鴈南飛歸室解裳兮步庭前月光照懷兮星依天居一世兮芳景遷松喬難慕兮誰能仙長壽命也兮獨何愆

九愁賦

嗟離思之難忘心慘毒而含哀踐南畿之末境越引領之徘徊捲浮雲以太息顧攀登而無階匪徇榮而愉樂

信舊都之可懷恨時王之謬聽受奸枉之虛辭揚天威以臨下忽放臣而不疑登高陵而反顧心懷愁而荒悴念先寵之既隆哀後施之不遂雖危亡之不豫亮無遠君之心刈桂蘭而秣馬舍余車於西林願接翼於歸鴻嗟高飛而莫攀因流景而寄言響一絶而不還傷時俗之趨險獨悵望而長愁感龍鸞而匿跡如吾身之不留竄江介之曠野獨眇眇而沈舟思旅客之可悲愍予身之翩翔豈天監之孔明將時運之無常謂內思而自策

算乃昔之愆殃以忠言而見黜信毋負於時王俗參差而不齊豈毀譽之可同競昏瞀以營私害予身之奉公共朋黨而妬賢俾予濟乎長江嗟大化之移易悲性命之攸遭愁慊慊而繼懷惟慘慘而情挽曠年載而不回長去君兮悠遠御飛龍之蜿蜒揚翠霓之華旗絕紫霄而高騖飄弭節於天庭披輕雲而下觀覽九土之殊形顧南郢之邦壤咸蕪穢而倚傾駗盤桓而思服仰御驤以悲鳴行予袂而收淚僕夫感以失聲履先王之正路

豈淫徑之可遵知犯君之招咎耻干媚而求親顧旋復
之無軌長自棄於遐濱與麋鹿以為羣宿林藪之葳蓁
野蕭條而極望曠千里而無人民生期於必死何自苦
以終身寧作清水之沉泥不為濁路之飛塵踐蹊隧之
危阻登岩嶢之高岑見失羣之離獸覿偏棲之孤禽懷
憤激以切痛苦回忍之在心愁戚戚其無為遊緑林而
逍遥臨白水以以悲嘯猿驚聽以失條亮無怨而棄逐乃
余行之所招

娛賓賦

遂衎賓而高會兮丹幃煜以四張辦中廚之豐膳兮作齊鄭之妍倡文人騁其妙說兮飛輕翰而成章談在昔之清風兮總賢聖之紀綱欣公子之高義兮德芬芳其若蘭揚仁恩於白屋兮踰周公之棄餐聽仁風以忘憂兮美酒清而肴乾

愍志賦并序

或人有好鄰人之女者時無良媒禮不成焉彼女遂

行適人有言之於予者予心感焉乃作賦曰
竊託音於往昔迄來春之不從思同遊而無路情壅隔
而靡通哀莫哀於永絶悲莫悲於生離豈良時之難俟
痛予質之日虧登高樓以臨下望所歡之攸居去君子
之清宇歸小人之蓬廬欲輕飛而從之迫禮防之我居

歸思賦

背故鄉而遷徂將遥憩乎他濱經平常之舊居感荒壞
而莫振城邑寂以空虛草木穢而荆蓁嗟喬木之無陰

處原野其何為信樂土之足慕忽并日之載馳

靜思賦

夫何美女之爛妖紅顏煒而流光卓特出而無疋呈才好其莫當性通暢以聰惠行孅密而妍詳蔭高岑以翳日臨緑水之清流秋風起於中林離鳥鳴而相求愁慘慘以增傷悲予安能乎淹留

曹子建集卷二

曹子建集卷三

魏　曹植　撰

感婚賦

陽氣動兮淑清百卉鬱兮含英春風起兮蕭條蟄蟲出兮悲鳴顧有懷兮妖嬈用騷首兮屏營登清臺以蕩志伏高軒而游情悲良媒之不顧懼歡媾之不成慨仰首而太息風飄飄以動纓

出婦賦

以才薄之陋質奉君子之清塵承顔色以接意恐疎賤而不親悅新婚而忘妾哀愛惠之中零遂隨頹而失望退幽屏於下庭痛一旦而見棄心忉忉以非驚衣入門之初服背牀室而出征攀僕御而登車左右悲而失聲嗟冤結而無訴乃愁苦以長窮恨無愆而見棄悼君施之不終

洛神賦并序

黃初三年余朝京師還濟洛川古人有言斯水之神
名曰宓妃感宋玉對楚王神女之事遂作斯賦其詞
曰
余從京域言歸東藩背伊闕越轘轅經通谷陵景山日
既西傾車殆馬煩爾乃稅駕乎蘅皋秣駟乎芝田容與
乎陽一作楊林流眄乎洛川於是精移神駭忽焉思散俯
則未察仰以殊觀覩一麗人於巖之畔迺援御者而告
之曰爾有覿於彼者乎彼何人斯若此之豔也御者對

曰臣聞河洛之神名曰宓妃然則君王之所見也無奈一作迺是乎其狀若何臣願聞之余告之曰其形也翩若驚鴻婉若游龍榮曜秋菊華茂春松髣髴兮若輕雲之蔽月飄颻兮若流風之回雪遠而望之皎若太陽升朝霞迫而察之灼若芙蓉一作蕖出淥波穠纖得衷一作中脩短合度肩若削成腰如約素延頸秀項皓質呈露芳澤無加鉛華弗御雲髻峩峩脩眉聯娟丹脣外朗皓齒内鮮明眸善睞靨輔承權瓌姿艷逸儀靜體閑柔情綽態

媚於語言奇服曠世骨像應圖披羅衣之璀粲兮珥瑤碧之華琚戴金翠之首飾綴明珠以耀軀踐遠遊之文履曳霧綃之輕裾微幽蘭之芳藹兮步踟躕於山隅於是忽焉縱體以遨以嬉左倚采旄右蔭桂旗攘皓腕於神滸兮采湍瀨之玄芝余情悅其淑美兮心振蕩而不怡無良媒以接歡兮托微波而通辭願誠素之先達兮解玉珮以要之嗟佳人之信脩羌習禮而明詩抗瓊珶以和予兮指潛淵而為期執眷眷之款實兮懼斯靈之

我欺感交甫之棄言兮悵猶豫而狐疑收和顏而靜志兮申禮防以自持於是洛靈感焉徙倚彷徨神光離合乍陰乍陽竦輕軀以鶴立若將飛而未翔踐椒塗之郁烈步蘅薄而流芳超長吟以永慕兮聲哀厲而彌長爾迺衆靈雜遝命儔嘯侶或戲清流或翔神渚或採明珠或拾翠羽從南湘之二妃攜漢濱之遊女嘆匏瓜之無匹兮詠牽牛之獨處揚輕袿之猗一作綺靡兮翳脩袖以延佇體迅飛鳧飄忽若神凌波微步羅襪生塵動無常

則若危若安進止難期若往若還轉眄流精光潤玉顏
含辭未吐氣若幽蘭華容婀娜令我忘餐於是屏翳收
風川后靜波馮夷鳴鼓女媧清歌騰文魚以驚乘鳴玉
鑾以偕逝六龍儼其齊首載雲車之容裔鯨鯢踊而夾
轂水禽翔而為衛於是越北沚過南岡紆素領回清陽
動朱唇以徐言陳交接之大綱恨人神之道殊兮怨盛
年之莫當抗羅袂以掩涕兮淚流襟之浪浪悼良會之
永絶兮哀一逝而異鄉無微情以效愛兮獻江南之明

璫雖潛處於太陰長寄心於君王忽不悟其所舍悵神霄而蔽光於是背下陵高足往神留遺情想像顧望懷愁冀靈體之復形御輕舟而上泝浮長川而忘反思綿綿而增慕夜耿耿而不寐霑繁霜而至曙命僕夫而就駕吾將歸乎東路攬騑轡以抗策悵盤桓而不能去

愁霖賦

迎朔風而爰邁兮雨微微而逮行悼朝陽之隱曜兮怨北辰之潛精神結轍以盤桓兮馬躑躅以悲鳴攀扶桑

而仰觀兮假九日於天皇瞻沈雲之泱漭兮哀吾願之不將又曰夫季秋之淫雨兮既彌日而成霖瞻玄雲之晻晻兮聽長空之淋淋中宵卧而歎息起飾帶而撫琴

喜霽賦

禹身逝於陽盱卒錫圭而告成湯感旱於殷時造桑林而敷誠動玉朝而雲披鳴鑾鈴而日陽北極以爲期吾將倍道而兼行

登臺賦

從明后之嬉遊聊登臺以娱情見天府之廣開覩聖德之所營建高殿之嵯峨浮雙闕乎太清立冲天之華觀連飛閣乎西城臨障川之長流望衆果之滋榮仰春風之和穆聽百鳥之悲鳴天工怛其既立家顛得而獲呈揚仁化於宇内盡肅恭於上京雖桓文之為盛豈足方乎聖明休矣美矣惠澤遠揚翼佐皇家寧彼四方同天地之矩量齊日月之輝光

九華扇賦并序

昔吾先君常侍得幸漢桓帝賜方扇不方不圓其中結成文名曰九華其辭曰

有神區之名竹生不周之高岑對緑水之素波背玄澗之重深體虛暢以立榦播翠葉以成林形五離而九華篾氂解而縷分效虬龍之蜿蟬法虹霓之氤氳因形致好不常厥儀方不應矩圓不中規隨皓腕以徐轉發惠風之寒微時氣清以方厲紛飄動兮紈綺

寶刀賦 并序

建安中魏王命有司造寶刀五枚以龍熊烏雀為識

太子得一余弟饒陽侯各得一焉

有皇漢之明后思明達而玄通飛文藻以博致揚武備

以禦凶然後礪五方之石鑒以中黃之壤規圓景以定

環攄神思而造象陸斷犀革水斷龍角輕擊浮截刀不

纎流踰南越之巨闕超有楚之泰阿實真人之攸遇永

天禄而是荷

車渠椀賦

惟新椀之所生于涼風之浚濱采金光之定色擬朝陽
而發輝豐玄素之暐暐帶朱榮之葳蕤縕絲綸以肆采
藻繁布以相追翩飄飆而浮景若鷲鶡之雙飛隱神璞
於西野彌百葉而莫希于時乃有篤厚神后廣被仁聲
夷慕義而重使獻茲寶於斯庭命公輸之巧匠窮妍麗
之殊形華色粲爛文若點成鬱蓊雲蒸蜿蟬龍征光如
激電影若浮星何神怪之巨偉信一覽而九驚雖離朱
之聰目內炫耀而失精何明麗之可悅超羣寶而特章

俟君子之閒燕酌甘醴於斯觥既娛情而可貴故求御而不忘

迷迭香賦

播西都之麗草兮應青春而凝暉流翠葉於纖柯兮結微根於丹墀信繁華之速實兮弗見凋於嚴霜芳莫秋之幽蘭兮麗崑崙之英芝既經時而收采兮遂幽殺以增芳去枝葉而特御兮入綃縠之霧裳附玉體以行止兮順微風而舒光

大暑賦

炎帝掌節，祝融司方，羲和接轡，南雀舞衡，蛇折鱗於靈窟，龍解角於皓蒼。遂乃溫風赫戲，草木垂榦，山折海沸，沙融礫爛，飛魚躍渚，潛黿浮岸，鳥張翼而近栖，獸交遊而雲散。于時黎庶徙倚，棊布葉分，機女絕綜，農夫釋耘。背暑者不羣而齊跡，向陰者不會而成羣。於是大人遷居宅幽，緩神育靈，雲屋重構，閒房肅清，寒泉涌流，玄木奮榮，積素氷於幽館，氣飛結而為霜，奏白雪於琴瑟，朔

風感而增涼

曹子建集卷三

欽定四庫全書

曹子建集卷四

魏 曹植 撰

神龜賦并序

龜壽千歲時有遺余龜者數日而死肌肉消盡唯甲存焉余感而賦之曰

嘉四靈之建德各潛位乎一方蒼龍虬於東嶽白虎嘯於西岡玄武集於寒門朱雀棲於南鄉順仁風以消息

應聖時而後翔嗟神龜之奇物體乾坤之自然下夷方以則地上規隆而法天順陰陽以呼吸藏景曜於重泉餐飛塵以實氣飲不竭於朝露步容趾以俯仰時鸞回而鶴顧忽萬載而不恤周無疆於太素感白龍之翔翥卒不免乎豫且雖見珍於宗廟羅刳剥之重辜欲愬怨於上帝將等愧乎游魚懼沈泥之逢殆赴芳蓮以巢居安玄雲而好靜不淫翔而改度昔嚴周之抗節援斯靈而託喻嗟祿運之屯蹇終遇獲於江濱歸籠檻以幽處

遭淳美之仁人晝顧瞻以終日夕撫順而接晨遘淫災以殞越命勦絕而不振天道昧而未分神明幽而難燭黄氏没於空澤松喬化於扶木虵折鱗於平臯龍脫骨於深谷亮物類之遷化疑斯靈之解殼

白鶴賦

嗟皓麗之素鳥兮含奇氣之淑祥薄幽林以屏處兮蔭重景之餘光狹單巢於弱條兮懼衝風之難當無沙棠之逸志兮欣六翮之不傷承邂逅之僥倖兮得接翼於

鸞凰同毛衣之氣類兮信休息之同行痛美會之中絕兮遘嚴災而逢殃拜太息而祗懼兮抑吞聲而不揚傷本規之違忤悵離羣而獨處恒竄伏以窮栖獨哀鳴而戢羽冀大綱之難結得奮翅而遠遊聆雅琴之清韻記六翮之末流

蟬賦

唯夫蟬之清素兮潛厥類乎太陰在盛陽之仲夏兮始遊豫乎芳林實澹泊而寡慾兮獨怡樂而長吟聲皦皦

而彌厲兮似貞士之介心內含和而弗食兮與衆物而無求棲高枝而仰首兮賴朝露之清流隱柔桑之稠葉兮快閒居而遁暑苦黃雀之作害兮患螳螂之勁斧冀飄翔而遠托兮毒蜘蛛之網罟欲降身而卑竄兮懼草蟲之襲予免衆難而弗獲兮遙遷集乎宮宇依名果之茂陰兮托脩幹以靜處有翩翩之狡童兮步容與於園圃體離朱之聰視兮姿才捷於獮猿條罔葉而不挽兮樹無幹而不緣翳輕驅而奮進兮跪側足以自閒恐余

身之驚駭兮精曾睨而目連持柔竿之冉冉兮運微黏而我纏欲翻飛而逾滯兮知性命之長捐委厥體於庖夫熾炎炭而就燔秋霜紛以宵下晨風烈其過庭氣憯怛而薄軀足攣木而失莖吟嘶啞以沮敗狀枯槁以喪形辭曰詩歎鳴蜩聲嘒嘒兮盛陽則來大陰逝兮皎皎貞素侔夷節兮帝臣是戴尚其潔兮

鸚鵡賦

美中州之令鳥越衆類之殊名感陽和而振翼遁太陰

以存形遇旅人之嚴網殊六翮之無遺身挂滯於重籠孤鸞鳴而獨歸豈予身之足惜憐衆雛之未飛分靡軀以潤鑊何全濟之敢希蒙含育之厚德奉君子之光輝怨身輕而施重恐往惠之中虧常戢心以懷懼雖處安其若危永哀鳴其報德庶終來而不疲

鶡賦 并序

鶡之為禽猛氣其鬬終無勝負期於必死遂賦之焉

美遐忻之偉鳥生大行之嵒阻體貞剛之烈性亮乾德

之所輔戴毛角之雙生揚玄黃之勁羽其沈隕而重辱有節士之儀矩降居檀澤高處保岑遊不同嶺棲必異林若有翻雄駭游孤雌驚翔則長鳴挑敵鼓翼専揚踰高越壑雙不隻僵階侍斯珥俯耀文墀成武官之首飾增庭燎之高暉

離繳鴈賦并序

余游於武陵中有鴈離繳不能復飛顧命舟人追而得之故憐而賦焉

憐孤鴈之偏特情惆焉而內傷含中和之絶氣赴四節
而征行遠玄冬於南裔避炎夏於朔方掛微軀之輕翼
忽頹落而離羣旅暗驚而鳴遠徒矯首而莫聞甘充君
之下厨膏函牛之鼎鑊蒙生全之顧覆何恩施之隆博
於是縱軀歸命無慮無求飢食稻粱渴飲清流

鷂雀賦

曰鷂欲取雀雀言雀微賤身卑些少肌肉瘠瘦所得蓋
少君欲相噉實不足飽鷂得雀言初不敢語頃來轗軻

資糧乏旅三日不食略思死鼠今日相得寧復置汝雀得鴟言意甚征營性命至重雀鼠貪生君得一食我命是傾皇天降鑑賢者是聽鴟得雀言意甚怛惋當死斃雀頭如果蒜不早首服烈頸大喚行人聞之莫不往觀雀得鴟言意甚不移目如擘椒跳蕭二翅我當死矣略無可避鴟乃置雀良久方去二雀相逢似是公嫗相將入草共上一樹仍叙本末辛苦相語而共出為鴟所捕賴我翻捷體素便附說我辯語千條萬句欺恐舍長令

兒大怖我之得免復勝於死自今徙意莫復相妬

蝙蝠賦

曰吁何奸氣生茲蝙蝠形殊性詭每變常式行不由足氣不假翼明伏暗動盡似鼠形謂鳥不似二足為毛飛而含齒巢不哺鷇空不浮子不容毛羣斥逐羽族下不蹈陸上不馮木

芙蓉賦

覽百卉之英茂無斯華之獨靈結脩根於重壤泛清流

而擢莖其始榮也皦若夜光尋扶桑其揚暉也晃若九陽出暘谷芙蓉蹇產菡萏星屬絲條垂珠丹榮吐綠焜焜韡韡爛若龍燭觀者終朝情猶未足於是狡童媛女相與同遊擢素手於羅袖接紅葩於中流

酒賦 并序

余覽楊雄酒賦辭甚瑰瑋頗戲而不雅聊作酒賦粗究其終始賦曰

嘉儀氏之造思亮茲美之獨珍仰酒旗之景曜協嘉號

於天辰穆生以醴而辭楚侯嬴感爵而增深其味有宜城醪醴蒼梧縹清或秋藏冬發或春醖夏成或雲拂潮涌或素蟻浮萍爾乃王孫公子遊俠翺翔將承芬以接意會陵雲於朱堂獻酬交錯宴笑無方於是飲者並醉縱橫諠譁或揚袂屢舞或扣劒清歌或嚬噈辭觴或奮爵橫飛或歎驪駒既駕或稱朝露未晞於斯時也質者或文剛者或仁卑者忘賤窶者忘貧於是矯俗先生聞之而歎曰噫夫言何容易此乃淫荒之源非作者之事

若耽于觴酌流情縱逸先王所禁君子所斥

槐賦

羡良木之華麗爰獲貴於至尊憑文昌之華殿森列峙乎端門觀朱欀之振條據文陛而結根暢沈陰以博覆似明后之垂恩在季春以初茂踐朱夏而乃繁覆陽精之炎景散流耀以增鮮

植橘賦

有朱橘之珍樹于鶉火之遐鄉禀太陽之烈氣嘉杲日

之休光體天然之素分不遷徙于殊方播萬里而遥植
列銅爵之園廷背江川之暖氣處玄朔之肅清邦換壤
别爰用喪生處彼不凋在此先零朱實不卸焉得素榮
惜寒暑之不均嗟華實之永乖仰凱風以傾葉冀炎氣
之所懷颺鳴條以流響希越鳥之來栖夫靈德之所感
物無微而不和神蓋幽而易激信天道之不訛既萌根
而弗幹諒結葉而不華漸玄化而弗變非彰德於邦家
附微條以嘆息哀草木之難化

述行賦

尋曲路之南隅觀秦政之驪墳哀黔首之罹毒酷始皇之為君濯余身於秦井(溫泉也)律湯液之若焚

曹子建集卷五

魏　曹植　撰

公宴

公子敬愛客終宴不知疲清夜遊西園飛蓋相追隨明月澄清影列宿正參差秋蘭被長坂朱華冒緑池潛魚躍清波好鳥鳴高枝神飈接丹轂輕輦隨風移飄颻放志意千秋長若斯

侍太子坐

白日曜青春時雨靜飛塵寒氷辟炎景涼風飄我身清醴盈金觴餚饌縱横陳齊人進奇樂歌者出西秦翩翩我公子機巧忽若神

七哀

明月照高樓流光正徘徊上有愁思婦悲歎有餘哀借問歎者誰言是蕩子妻君行踰十年孤妾常獨棲君若清路塵妾若濁水泥浮沈各異勢會合何時諧願為西

南風長逝入君懷君懷良不開賤妾當何依

鬬鷄

遊目極妙伎清聽厭宮商主人寂無爲衆賓進樂方長筵坐戲客鬬鷄觀閒房羣雄正翕赫雙翹自飛揚揮羽邀清風悍目發朱光觜落輕毛散嚴距往往傷長鳴入青雲扇翼獨翺翔願蒙狸膏助常得擅此場

元會

初歲元祚吉日惟良乃爲佳會宴此高堂衣裳鮮潔黼

黻玄黃珍膳雜環充溢圓方俯視文軒仰瞻華梁願保
茲喜千載為常歡笑盡娛樂哉未央皇家榮貴壽考無
疆

送應氏二首

步登北卭（一作芒）阪遙望洛陽山洛陽何寂寞宮室盡燒
焚垣牆皆頓擗荆棘上參天不見舊耆老但覩新少年
側足無行逕荒疇不復田遊子久不歸不識陌與阡中
野何蕭條千里無人烟念我平生親（一作常居）氣結不能言

又

清時難屢得嘉會不可常天地無終極人命若朝霜願

得展嬿婉我友之朔方親昵並集送置酒此河陽中饋

豈獨薄賓飲不盡觴愛至望苦深豈不愧中腸山川阻且

遠別促會日長願為比翼鳥施翮起高翔

雜詩六首

高臺多悲風朝日照北林之子在萬里江湖迥且深方

舟安可極離思故難任孤鴈飛南遊過庭長哀吟翹思

慕遠人願欲托遺音形影忽不見翩翩傷我心

其二

轉蓬離本根飄颻隨長風何意迴飈舉吹我入雲中高高上無極天路安可窮類此游客子捐軀遠從戎毛褐不掩形薇藿常不充去去莫復道沈憂令人老

其三

西北有織婦綺縞何繽紛明晨秉機杼日昃不成文太息終長夜悲嘯守青雲妾身入空閨良人行從軍自期

三年歸今已歷九春飛鳥遶樹翔噭噭鳴索羣願為南
流景馳光見我君

其四

南國有佳人容華若桃李朝游北海（一作江北）岸夕宿瀟湘
沚時俗薄朱顏誰為發皓齒俯（一作俛）仰歲將暮榮耀難
久恃

其五

僕夫早嚴駕吾行將遠遊遠遊欲何之吳國為我仇將

騁萬里塗東路安足由江介多悲風淮泗馳急流願欲一輕濟惜哉無方舟閒居非吾志甘心赴國憂

其六

飛觀百餘尺臨牖御櫺軒遠望周千里朝夕見平原烈士多悲心小人媮（一作偷）自閒國讎亮不塞甘心思喪元拊劒西南望思欲赴太山絃急悲聲發聆我慷慨言

喜雨

天覆何彌廣苞育此羣生棄之必憔悴惠之則滋榮慶

雲從北來鬱述西南征時雨終夜降長雷周我廷喜種盈膏壤登秋必有成

離友 并序

鄉人有夏侯威者少有成人之風余尚其為人與之昵好王歸振旅送予于魏邦心有眷然為之隕涕乃作離友之詩其辭曰

王旅遊兮背故鄉彼君子兮篤人綱媵予行兮歸朔方
馳原隰兮尋舊疆載車奔兮馬繁驤涉浮濟兮泛輕航

迄魏都兮息蘭房展宴好兮惟樂康

應詔

肅承明詔應會皇都星陳夙駕秣馬脂車命彼掌徒肅我征旅朝發鸞臺夕宿蘭渚芒芒原隰祁祁士女經彼公田樂我稷黍爰有樛木重陰匪息雖有餱糧飢不遑食望城不過面邑不游僕夫警策平路是由玄駟藹藹揚鑣漂沫流風翼衡輕雲承蓋涉澗之濱緣山之隈遵彼河滸黄坂是階西濟關谷或降或升騑驂倦路載寢

載興將朝聖皇匪敢晏寧弭節長騖指日遄征前驅舉燧後乘抗旌輪不輟運鸞無廢聲爰暨帝室稅此西墉嘉詔未賜朝覲莫從仰瞻城閾俯惟闕庭長懷永慕憂心如酲

贈徐幹

驚風飄白日忽然歸西山圓景光未滿衆星粲以繁志士營世業小人亦不閒聊且夜行游游彼雙闕間文昌鬱雲興迎風高中天春鳩鳴飛棟流猋激櫺軒顧念蓬

室士貧賤誠足憐薇藿弗充虛皮褐猶不全慷一作抗慨
有悲心興文自成篇寶棄怨何人和氏有其愆彈冠俟
知己知己誰不然良田無晚歲膏澤多豐年亮懷璵璠
美積久德愈宣親交義在敦申章復何言

贈丁儀

初秋涼氣發庭樹微銷落凝霜依玉除清風飄飛閣朝
雲不歸山霖雨成川澤黍稷委疇隴農夫安所獲在貴
多忘賤為恩誰能博狐白足禦冬焉念無衣客思慕延

陵子實劒非所惜子其寧爾心親交義不薄

贈王粲

端坐苦愁思攬衣起西遊樹木發春華清池激長流中有孤鴛鴦哀鳴求匹儔我願執此鳥惜哉無輕舟欲歸忘古道顧望但懷愁悲風鳴我側羲和逝不留重陰潤萬物何懼澤不周誰令君多念遂一作自使懷百憂

贈丁儀王粲

從軍度函谷驅馬過西京山岑一作峯高無極涇渭揚濁

清壯哉帝王居佳麗殊百城員闕浮出雲承露概泰清皇佐揚天惠四海無交兵權家雖愛勝全國為令名君子在末位不能歌德聲丁生怨在朝王子歡自營難（一作歡）怨非貞則中和誠可經

贈白馬王彪

謁帝承明廬逝將歸舊疆清晨發皇邑日夕過首陽伊洛廣且深欲濟川無梁汎舟越洪濤怨彼東路長顧瞻戀城闕引領情內傷太谷何寥廓山樹鬱蒼蒼霖雨泥

我塗流潦浩縱橫中逵絶無軌改轍登高岡脩坂造雲
日我馬玄以黄玄黄猶能進我思鬱以紆鬱紆將難進
親愛在離居本圖相與偕中更不克俱鴟梟鳴衡軛豺
狼當路衢蒼蠅間白黒讒巧令親踈欲還絶無蹊攬轡
止踟蹰踟蹰亦何留相思無終極秋風發微凉寒蟬鳴
我側原野何蕭條白日忽西匿歸鳥赴喬林（一作木）翩翩
厲羽翼孤獸走索羣銜草不遑食感物傷我懷撫心長
太息太息將何為天命與我違奈何念同生一往形不

歸孤魂翔故域（一作城）靈柩寄京師存者忽復（一作已）過亡歿身自衰人生處一世去若朝露晞年在桑榆間影響不能追自顧非金石咄唶令心悲心悲動我神棄置莫復陳丈夫志四海萬里猶比隣恩愛苟不虧在遠分日親何必同衾幬然後展慇懃憂思成疾疢（一作疚）無乃兒女仁倉卒骨肉情能不懷苦辛苦辛何慮思天命信可疑虛無求列仙松子久吾欺變故在斯須百年誰能持離別永無會執手將何時王其愛玉體俱享黃髮期收

淚即長路援筆從此辭

贈丁翼

嘉賓塡城闕豐膳出中厨吾與二三子曲宴此城隅秦箏發西氣齊瑟揚東謳肴來不虚歸觴至反無餘我豈狎異人朋友與我俱大國多良材譬海出明珠君子義休偫小人德無儲積善有餘慶榮枯立可須滔蕩固大節世俗多所拘君子通大道無願為世儒

朔風

仰彼朔風用懷魏都願騁代馬倏忽北徂凱風永至思彼蠻方願隨越鳥翻飛南翔四氣代謝懸景運周別如俯仰脫若三秋昔我初遷朱華未希今我旋止素雪云飛俯降千仞仰登天阻風飄蓬飛載離寒暑千仞易陟天阻可越昔我同袍今永乖別子好芳草豈忘爾貽繁華將茂秋霜悴之君不垂眷豈云其誠秋蘭可喻桂樹冬榮絃歌蕩思誰與銷憂臨川慕思何為泛舟豈無和樂游非我鄰誰忘汎舟愧無榜人

矯志

芳樹雖香難以餌烹尸位素餐難以成名磁石引鐵於
金不連大朝舉士愚不聞焉抱璧塗乞無爲貴寶履仁
遘禍無爲貴道鵷雛遠害不羞卑棲靈虬避難不恥汙
泥都蔗雖甘杖之必折巧言雖美用之必滅濟濟唐朝
萬邦作孚逢蒙雖巧必得良弓聖主雖知必得英雄螳
螂見嘆齊士輕戰越王軾蛙國以死獻道遠知驥世僞
知賢覆之壽之順天之矩澤如凱風惠如時雨口爲禁

闥舌為發機門機之關楛矢不追

閨情二首

攬衣出中閨逍遥步兩楹閒房何寂寞緑草被階庭空穴一作室自生風百鳥翔南征春思安可忘憂戚與君并佳人在遠道妾身單且煢歡會難再逢一作遇芝蘭不重榮人皆棄舊愛君豈若平生寄松為女蘿依水如浮萍齎身奉衿帶朝夕不墮一作憒傾儻終顧盼恩一作儻顧終盼眄永副我中情

有一美人被服纖羅妖姿艷麗蓊若春華紅顏韡煜雲髻嵯峨彈琴撫節為我絃歌清濁齊均既亮且和取樂今日遑恤其他

三良

功名不可為忠義我所安秦穆先下世三臣皆自殘生時等榮樂既沒同憂患誰言捐軀易殺身誠獨難攬涕登君墓臨穴仰天歎長夜何冥冥一往不復還黃鳥為悲鳴哀哉傷肺肝

責躬

於穆顯考時惟武皇受命于天寧濟四方朱旗所拂九土披攘玄化滂流荒服來王超商越周與唐比蹤篤生我皇亦世載聰武則肅烈文則時雍受禪于漢君臨萬邦萬邦既化率由舊章廣命懿親以藩王國帝曰爾侯君茲青土奄有海濱方周于魯車服有輝旗章有敘濟濟儁乂我弼我輔伊爾小子恃寵驕盈舉挂時網動亂國經作藩作屏先軌是隳傲我皇使犯我朝儀國有典

刑我削我黜將寘于理元兇是率明明天子時惟篤類
不忍我刑暴之朝肆違彼執憲哀予小子改封兖邑于
河之濱股肱弗置有君無臣荒淫之闕誰弼余身煢煢
僕夫于彼冀方嗟予小子乃罹斯殃赫赫天子恩不遺
物冠我玄冕要我朱紱光光天使我榮我華剖符授玉
王爵是加仰齒金璽俯執聖策皇恩過隆祗承怵惕咨
我小子頑兇是嬰逝慚陵墓存愧闕庭匪敢傲德實恩
是恃威靈改加足以沒齒昊天罔極生命不圖常懼顛

沛抱罪黄壚願蒙矢石建旗東嶽庶立毫氂微功自贖危軀授命知足免戾甘赴江湘奮戈吳越天啓其衷得會京畿遲奉聖顔如渴如饑心之云慕愴矣其悲天高聽卑皇肯照微

情詩

微陰翳陽景清風飄我衣游魚潛綠水翔鳥薄天飛眇眇客行士徭役不得歸始出嚴霜結今來白露晞遊者歎黍離處者歌式微慷慨對嘉賓悽愴内傷悲

妬

嗟爾同衾曾不是志寧彼冶容安此妬忌

芙蓉池

逍遥芙蓉池翩翩戲輕舟南楊雙栖鵠北柳有鳴鳩

雜詩

悠悠遠行客去家千餘里出亦無所之入亦無所止浮
雲翳日光悲風起動地

言志

慶雲未時興雲龍潛作魚神鸞失其儔還從燕雀居

七步詩

煮豆燃豆萁豆在釜中泣本是同根生相煎何太急

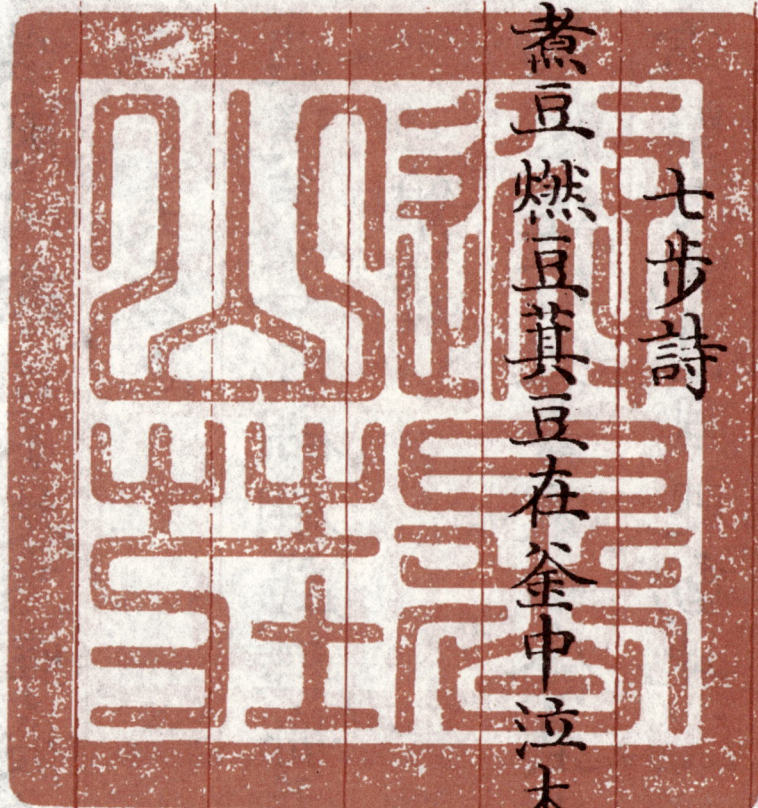

曹子建集卷五

曹子建集卷六

魏　曹植　撰

箜篌引

置酒高殿上親友從我遊中厨辦豐膳烹羊宰肥牛秦箏何慷慨齊瑟和且柔陽阿奏奇舞京洛出名謳樂飲過三爵緩帶傾庶羞主稱千金壽賓奉萬年酬久要不可忘薄終義所尤謙謙君子德磬折何所求驚風飄白

日光景馳西流盛時不再來百年忽我遒生存華屋處零落歸山丘先民誰不死知命復何憂

升天行 二首

乘蹻追術士遠之蓬萊山靈液飛素波蘭桂上參天玄豹遊其下翔鵾戲其巔乘風忽登舉髣髴見衆仙

扶桑之所出乃在朝陽谿中心陵蒼昊布葉蓋天涯日出登東幹既夕沒西枝願得紆陽轡同日使東馳

僊人篇

僊人攬六箸對博太山隅湘娥拊琴瑟秦女吹笙竽玉樽盈桂酒河伯獻神魚四海一何局九州安所如韓終與王喬要我於天衢萬里不足步輕舉凌太虛飛騰踰景雲高風吹我軀迴駕觀紫薇與帝合靈符閶闔正嵯峨雙闕萬丈餘玉樹扶道生白虎夾門樞驅風遊四海東過王母廬俯觀五嶽間人生如寄居潛光養羽翼進趨且徐徐不見軒轅氏乘（一作升）龍出鼎湖徘徊九天上與爾長相須

妾薄命 二首

攜王手喜同車比上雲閣飛除釣臺蹇産清虚池塘觀沼可娱仰汎龍舟緑波俯擢神草枝柯想彼宓妃洛河退詠漢女湘娥

日月既逝西藏更會蘭室洞房華燈步障舒光皎若日出扶桑促罇合坐行觴主人起舞盜盤能者穴觸別端騰觚飛爵闌干同量等色齊顏任意交屬所歡朱顏發外形蘭袖隨禮容極情妙舞仙仙體輕裳解履遺絶纓

俛仰笑喧無呈覽持佳人玉顏齊舉金爵翠盤手形羅
袖良難腕弱不勝珠環坐者歎息舒顏御巾裛粉君傍
中有霍納都梁雞舌五味雜香進者何人齊姜恩重愛
深難忘召延親好宴私但歌盃來何遲客賦既醉言歸
主人稱露未晞

白馬篇

白馬飾金羈連翩西北馳借問誰家子幽并游俠兒少
小去鄉邑揚聲（一作名）沙漠垂宿昔秉良弓楛矢何參差

控弦破左的右發摧月支仰手接飛猱(疑作鴻)俯身散馬蹄狡捷過猴猿勇剽若豹螭邊城多警急虜騎(一作敵騎)數遷移羽檄從北來厲馬登高堤長驅蹈匈奴左顧陵鮮卑棄身鋒刃端性命安可懷父母且不顧何言子與妻名在(一作編)壯士籍不得中顧私捐軀赴國難視死忽如歸

名都篇

名都多妖女京洛出少年寶劍直千金被服麗且鮮鬪

雞東郊道走馬長楸間馳騁未能半雙兔過我前攬弓捷鳴鏑長驅上南山左挽因右發一縱兩禽連餘巧未及展仰手接飛鳶觀者咸稱善衆工歸我妍我歸宴平樂美酒斗十千膾鯉臇胎鰕炮鼈炙熊蹯鳴儔嘯匹侶列坐竟長筵連翩擊鞠壤巧捷惟萬端白日西南馳光景不可攀雲散還城邑清晨復來還

薤露行

天地無窮極陰陽轉相因人居一世間忽若風吹塵願

得展功勤輸力於明君懷此王佐才慷慨獨不羣鱗介
尊神龍走獸宗麒麟蟲獸尚知德何况於士人孔氏删
詩書王業粲已分騁我逕寸翰流藻垂華芬

豫章行二首

窮達難豫圖禍福信亦然虞舜不逢堯耕耘處中田太
公未遭文漁釣終渭川不見魯孔丘窮困陳蔡間周公
下白屋天下稱其賢

又

鴛鴦自朋一作用親不若比翼連他人雖同盟骨肉天性然周公穆康叔管蔡則流言子臧讓千乘季札慕其賢

美女篇

美女妖且閑採桑岐路間柔條紛冉冉落葉何翩翩攘袖見素手皓腕約金環頭上金爵釵腰佩翠琅玕明珠交玉體珊瑚間玉一作木難羅衣何飄飄輕裾隨風還顧盼遺光彩長嘯氣若蘭行徒用息駕休者以忘餐借問女何居乃在城南端青樓臨大路高門結重關容華耀

朝日誰不希令顔媒氏何所營玉帛不時安佳人慕高
義求賢良獨難衆人徒嗷嗷安知彼所觀盛年處房室
中夜起長歎

豔歌

出自薊北門遥望湖池桑枝枝自相值葉葉自相當

遊僊

人生不滿百歲歲少歡娱意欲奮六翮排霧凌紫虛蟬
蜕同松喬翻跡登鼎湖翶翔九天上騁轡遠行遊東觀

扶桑曜西臨弱水流北極玄天渚南翔陟丹丘

五遊詠

九州不足步願得凌雲翔逍遥八紘外游目歷遐荒披我丹霞衣襲我素霓裳華蓋芬晻藹六龍仰天驤曜靈未移景倏忽造昊蒼閶闔啓丹扉雙闕曜朱光徘徊文昌殿登陟太微堂上帝休西櫺羣后集東廂帶我瓊瑤佩漱我沆瀣漿踟躕玩靈芝徙倚弄華芳王子奉僊藥羨門進奇方服食享遐紀延壽保無疆

梁甫行一云泰山梁甫行

八方各異氣千里殊風雨劇哉邉海民寄身於草墅妻子象禽獸行止依林阻柴門何蕭條狐兎翔我宇

丹霞蔽日行

紂為昏亂虐殘忠正周室何隆一門三聖牧野致功天亦革命漢祚之興秦階之衰雖有南面王道陵夷炎光再幽忽滅無遺

怨歌行

為君既不易為臣良獨難忠信事不顯乃有見疑患周公佐成王金縢功不刊推心輔王室二叔反流言待罪居東國泣涕常流連皇靈大動變震雷風且寒拔樹偃秋稼天威不可干素服開金縢感悟求其端公旦事既顯成王乃哀嘆吾欲竟此曲此曲悲且長今日樂相樂別後莫相忘

善哉行

來日大難口燥脣乾今日相樂皆當喜歡經歷名山芝

草翩翩仙人王喬奉藥一丸自惜袖短内手知寒慚無靈輒以救趙宣月没參横北斗闌干親友在門饑不及餐

君子行

君子防未然不處嫌疑間瓜田不納履李下不整冠叔嫂不親授長幼不並肩和光得其柄謙恭甚獨難周公下白屋吐哺不及餐一沐三握髪後世稱聖賢

平陵東

閶闔開天衢通被我羽衣乘飛龍乘飛龍與僊期東上

蓬萊採靈芝靈芝採之可服食年與王父無終極

苦思行

綠羅緣玉樹光耀燦相暉下有兩真人舉翅翻高飛我

心何踊躍思欲攀雲追鬱鬱西嶽巔石室青青與天連

中有耆年一隱士鬚髮皆皓然策杖從我遊教我要忘

言

遠遊篇

遠遊臨四海俯仰觀洪波大魚若曲陵乘浪相經過靈
鼇戴方丈神嶽儼嵯峨僊人翔其隅玉女戲其阿瓊蘂
可療饑仰首吸朝霞崑崙本吾宅中州非我家將歸謁
東父一舉超流沙鼓翼舞時風長嘯激清歌金石固易
弊日月同光華齊年與天地萬乘安足多

吁嗟篇

吁嗟此轉蓬居世何獨然長去本根逝宿夜無休閒東
西經七陌南北越九阡卒遇回風起吹我入雲間自謂

終天路忽然下沈泉驚飈接我出故歸彼中田當南而更北謂東而反西宕若當何依忽亡而復存飄颻周八澤連翩歷五山流轉無恒處誰知吾苦艱願為中林草秋隨野火燔糜滅豈不痛願與株荄連

鰕䱇篇

鰕䱇游潢潦不知江海流燕雀戲藩柴安識鴻鵠游世士誠明性（一作世事此誠明）大德固無儔駕言登五嶽然後小陵丘俯觀上路人勢利惟是謀讐高念皇家遠懷柔九

州撫劒而雷音猛氣縱橫浮汎泊徒嗷嗷誰知壯士憂

種葛篇

種葛南山下葛藟自成陰與君初婚時結髮恩意深懽愛在枕席宿昔同衣衾竊慕棠棣篇好樂如瑟琴行年將晚莫佳人懷異心恩紀曠不接我情遂抑沈出門當何顧徘徊步北林下有交頸獸仰見雙栖禽攀枝長歎息淚下沾羅衾良馬知我悲延頸對我吟昔為同池魚今為商與參往古皆懽遇我獨困於今棄置委天命悠

悠安可任

浮萍篇

浮萍寄清水隨風東西流結髮辭嚴親來為君子仇恪勤在朝夕無端獲罪尤在昔蒙恩惠和樂如瑟琴何意今摧頹曠若商與參茱萸自有芳不若桂與蘭親人雖可愛不若故人歡行雲有反期君恩儻中還慊慊仰天歎愁心將何愬日月不恒處人生忽若遇悲風來入帷一作懷淚下如垂露散一作發篋造新一作裳衣裁縫紈與素

惟漢行

太極定二儀清濁始以形三光照八極天道甚著明為人立君長欲以遂其生行仁章以瑞變故誡驕盈神高而聽卑報若響應聲明主敬細微三季瞢天經二皇稱至化盛哉唐虞庭禹湯繼厥德周亦致太平在昔懷帝京日昃不敢寧濟濟在公朝萬載馳其名

當來日大難

日苦短樂有餘乃置玉樽辦東厨廣情故心相於闔門

置酒和樂欣欣遊馬後來轅車解輪今日同堂出門異
鄉别易會難各盡杯觴

野田黃雀行

高樹多悲風海水揚其波利劒不在掌結友何須多不
見籬間雀見鷂自投羅羅家得雀喜少年見雀悲拔劒
捎羅網黃雀得飛飛飛摩蒼天來下謝少年

門有萬里客

門有萬里客問君何鄉人褰裳起從之果得心所親挽

衣對我泣太息前自陳本是朔方士今為吳越民行行將復行去去適西秦

怨歌行一首七解晉曲所奏

明月照高樓流光正徘徊上有愁思婦悲嘆有餘哀一解

借問嘆者誰自云宕子妻夫行踰十載賤妾常獨棲二解

念君過於渴思君劇於饑君為高山栢一作桐妾為濁水

泥三解

北風行蕭蕭烈烈入吾耳心中念故人淚墮不能止四

解

浮沈各異路會合當何諧願作東北風吹我入君懷五

解

君懷常不開賤妾當何依恩情中道絶流止任東西六

解

我欲竟此曲此曲悲且長今日樂相樂别後莫相忘七

解

桂之樹行

桂之樹桂之樹桂生一何麗佳楊朱華而翠葉流芳布天涯上有棲鸞下有蟠螭桂之樹得道之真人咸來會講僊教爾服食日精要道甚省不煩淡泊無為自然乘蹻萬里之外去留隨意所欲存高高上際於衆外下下乃窮極地天

當墻欲高行

龍欲升天須浮雲人之仕進待中人衆口可以鑠金讒言三至慈母不親憒憒俗間不辨偽真願欲披心自說陳君門以九重道遠河無津

當欲遊南山行

東海廣且深由卑下百川五嶽雖高大不逆垢與塵良木不十圍洪條無所因長者能博愛天下寄其身大匠無棄材船車用不均錐刀各異能何所獨卻前嘉善而矜愚大聖亦同然仁者各壽考四坐咸萬年

當事君行

人生有所貴尚出門各異情朱紫更相奪色雅鄭異音聲好惡隨所愛憎追舉逐聲名百心可事一君巧詐寧拙誠

當車以駕行

歡坐玉殿會諸貴客侍者行觴主人離席顧視東西廂絲竹與鞞鐸不醉無歸來明燈以繼夕

飛龍篇

晨遊太山雲霧窈窕忽逢二童顏色鮮好乘彼白鹿手翳芝草我知真人長跪問道西登玉堂一作臺金樓複道授我僊藥神皇所造教我服食還精補腦壽同金石永世難老

盤石篇

盤石山巔石飄颻澗底蓬我本泰山人何為客淮東薫葭彌斥土林木無芬重岍巖若崩缺湖水何洶洶蚌蛤被濱涯光彩如錦虹高彼淩雲霄浮氣象螭龍鯨脊若

丘陵鬚若山上松呼吸喬船欐澎濞戲中鴻方舟尋高
價珍寶麗以通一舉必千里乘颸舉帆幢經危履險阻
未知命所鍾常恐沈黄壚下與黿鼉同南極蒼梧野游
眄窮九江中夜指參辰欲師當定從仰天長太息思想
懷故邦乘桴何所志吁嗟我孔公

驅車篇

驅車揮駑馬東到奉高城神哉彼泰山五嶽專其名隆
高貫雲霓嵯峨出太清周流二六候間置一二亭上有

涌醴泉玉石揚華英東北望吳野西眺觀日精魂神所
繫屬逝者感斯征王者以歸天敍厥元功成歷代無不
遵禮記有品程探策或長短唯德享利貞封者七十帝
軒皇元獨靈餐霞漱沆瀣毛羽被身形發舉蹈虛廓經
庭升窈冥同壽東父年曠代永長生

曹子建集卷六

曹子建集卷七

魏　曹植　撰

皇子生頌

於聖我后憲章前志克纂二皇三靈昭事祇肅郊廟明德敬忌潛和積石鍾天之釐嘉月令辰篤生聖嗣慶由一人萬國作嘉喁喁萬國岌岌羣生禀命我后緌之則榮長為臣職終天之經仁聖奕代永載明明同年上帝

休祥淑禎藩臣作頌光流德聲吁嗟卿士祇承予聽

玄俗頌

玄俗妙識餞餌神藾在陰倏游即陽無景逍遥北嶽淩霄引領揮霧昊天含神自靜

母儀頌

殷湯令妃有莘之女仁教内脩度義以處清謐后宫九嬪有序伊為媵臣遂作元輔

明賢頌

於鑠姜后光配周宣非禮不動非禮不言晏起失朝永巷告愆王用勤政萬國以虔

孔子廟頌

脩復舊廟豐其甍宇莘莘學徒爰居爰處王教既備羣小遄沮魯道以興永作憲矩洪聲登遐神祇來祐休徵雜沓瑞我邦家內光區域外被荒遐

學官頌 并序

自五帝典絕三皇禮廢應期命世齊賢等聖者莫高

於孔子也故有若曰出乎類拔乎萃誠所謂性與天
道不可得而聞矣

由也務學名在前志宰予晝寢糞土作誡過庭子弟詩
禮明記歌以詠言文以騁志予今不述后賢曷識於鑠
尼父生民之傑性與天成該聖備藝德倫三五配皇作
烈玄鏡獨鑑神明昭晰仁塞宇宙志凌雲霓學者三千
莫不俊乂唯仁是憑唯道足恃鑽仰彌高請益不已

社頌

於惟太社官名后土是曰句龍功著上古德配帝王實為靈主克明播植農正曰社尊以作稷豐年是與義與社同方神北宇建國承家莫不攸叙

宜男花頌

草號宜男既曄且貞其貞伊何惟乾之嘉其曄伊何綠葉丹花光采晃曜配彼朝日君子耽樂好和琴瑟固作螽斯惟立孔臧福濟大姒永世克昌

冬至獻襪頌

玉趾既御履和蹈貞行與禄邁動以祥并南闕北户西巡王城翺翔萬域聖體浮輕

庖犧贊

木德風姓八卦創焉龍瑞官名法地象天庖厨祭祀網罟魚畋琴瑟以像時神通玄

女媧贊

古之國君造簧作笙禮物未就軒轅纂成或云二皇人首蛇形神化七十何德之靈

神農贊

少典之胤火德成木造為耒耜導民播穀正為雅琴以暢風俗

黃帝贊

少典之孫神明聖哲土德承火赤帝是滅服牛乘馬衣裳是制雲氏名官功冠五帝

少昊贊

祖自軒轅青陽之裔金德承土儀鳳帝世官鳥號名殊

職別糸農正扈氏各有品制

顓頊贊

昌意之子祖有軒轅始誅九黎水德統天以國為號風化神宣威暢八極靡不祇虔

帝嚳贊

祖自軒轅玄囂之裔生言其名才德帝世撫寧天地神聖靈察教弭四海明並日月

帝堯贊

大德統位父則高辛克平共工萬國同塵調適陰陽其惠如春巍巍成功配天則神

帝舜贊

顓頊之族重瞳神聖克恊頑嚚應唐涖政除凶舉俊以齊七政應歷受禪顯天之命

夏禹贊

吁嗟天子極世濟民克卑宮室致孝鬼神蔬食薄服黻冕乃新厥德不回其誠可親亹亹其德温温其人尼稱

無間何德之純

殷湯贊

殷湯代夏諸侯振仰放桀鳴條南面以王桑林之禱炎
災克償伊尹佐治可謂賢相

湯禱桑林贊

惟殷之世炎旱七年湯禱桑林祈福于天翦髮離爪自
以為牲皇靈感應時雨以零

周文王贊

於赫聖德實惟文王三分有二猶服事商化加虞芮傍暨四方王業克昭武嗣遂先

周武王贊

桓桓武王繼世滅殷咸任尚父且作商臣功冒四海救世濟民天下宗周萬國是賓

周公贊

武王即位年尚幼稚周公居攝四海慕利罰叛柔服祥應仍至誦長反政達夫忠義

周成王贊

成王繼武賢聖保傅年雖幼稚岐嶷有素初疑周公終焉克寤旦奭佐治遂致刑錯

漢高帝贊

屯雲斬蛇靈母告祥朱旗既抗九野披攘禽嬰克羽掃滅英雄承機帝世功著武湯

漢文帝贊

孝文即位愛物儉身驕吳撫越匈奴和親納諫赦罪以

德讓民殆至刑錯萬國化淳

漢武帝贊

世宗光光文武是攘威振百蠻恢拓土疆簡定律歷辯

脩舊章封天禪土功越百王

漢景帝贊

景帝明德繼文之則肅清王室克滅七國省役薄賦百

姓殷昌風移俗易齊美成康

姜嫄簡狄贊

嚳有四妃子皆為王帝摯且崩堯承天綱玄鳥大跡殷
周美祥稷契既生翊化虞唐

禹妻贊

禹妻塗山土功是急惟啓之生過門不入矯達明義勲
庸是執成長望嗣大禄以襲

班婕妤贊

有德有言實惟班婕盈冲其驕窮悦其厭在漢夷貞在
晉正接臨飈端幹衝霜振葉

吹雲贊

天地變化是生神物吹雲吐潤浮雲翳鬱

赤雀賦贊

西伯積德天命攸顧赤雀銜書爰集昌戶瑞為天使和氣所致嗟爾後王昌期而至

巢父贊

堯禪許由巢父是恥穢其溷聽臨河洗耳池主是讓以水為濁嗟此三士清足厲俗

務光贊

湯將伐桀謀於卞子既聞讓位隨以為恥薄於殷世著自汙已自投頳水清風邈矣

商山四皓贊

嗟爾四皓避秦隱形劉項之爭養志弗營不應朝聘保節全貞應命太子漢嗣以寧

三鼎贊

鼎質之精古之神器黃帝是鑄以像太上能輕能重知

凶識吉世衰則隱世和則出

承露盤銘并序

明帝鑄承露盤莖長十二丈本圍上盤逕四尺下盤
逕五尺銅龍達其根龍身長一丈背負兩子自立於上
林園甘露乃降使臣為頌銘銘曰
岧岧承露峻極太清神君礧磈洪基嶽停下潛醴泉上
受雲英和氣四充翔風所經匪我明君孰能經營近歷
纏度三光朗明殊俗歸義祥瑞混幷鸞鳳晨棲甘露宵

零神物攸協高而不傾奉天載巍恭統神器固若露盤長存永貴賢聖繼跡奕世明德不忝先功保兹皇極埀作億兆永荷天秩

寶刀銘

造兹寶刀既礱既礪匪以尚武予身是衛麟角是觸鸞距匪蹶

曹子建集卷七

曹子建集卷八

魏 曹植 撰

改封陳王謝恩章

臣既弊陋守國無効自分出削以彰衆誠不意天恩滂霈潤澤橫流猥蒙加封茅土既優爵賞必重非臣虛淺所宜奉受非臣灰身所能報答

封二子為公謝恩章

詔書封臣息男苗為高陽鄉公志為穆鄉公臣伏自惟文無升堂廟勝之功武無催鋒接刃之効天時運幸得生貴門遇以親戚少荷光寵竊位列侯榮曜當世顧影慚形流汗反側洪恩罔極雲雨增加既榮本榦枝葉并蒙苗志小豎既頑且稚猥荷列爵並佩金紫施崇所加惠及父子

初封安鄉侯表

臣抱罪即道憂惶恐怖不知刑罪當所限齊陛下哀愍

臣身不聽有司所執待之過厚即日於延津受安鄉侯印綬奉詔之日且懼且悲懼于不脩始違憲法悲於不慎速此貶退上增陛下垂念下遺太后見憂臣自知罪深責重受恩無量精魄飛散忘軀殞命云

謝妻改封表

璽書令以東阿王妃為陳王妃并下印綬因故上前所假印以其拜授書以即日到臣輒奉詔其才質伍下謬同受私遇寵素餐臣為其首陛下體乾坤育物之德東

海含容之大乃復隨例顯封大國光揚章灼非臣負薪之才所宜克當纖釁所宜蒙獲夙夜憂歎念報罔極洪施遂隆既榮枝幹猥復正臣妃爲陳妃光耀宣朗非妾婦惷愚所當蒙被葵藿草物猶感恩養况臣含氣銜珮弘惠殁而後已誠非翰墨屢辭所能

自試表

臣聞士之羡永生者非徒以甘食麗服宰割萬物而已將有以補益羣生尊主惠民使功存於竹帛名光於後

嗣令臣文不昭於俎豆武不習於干戈而竊位藩王施祿東夏消損天日無益聖朝淮南尚有山竄之賊吳會猶有潛江之虜使戰士未獲歸於農畝五兵未得收於武庫蓋論者不恥謝善戰者之羞去夫凌雲者泥蟠者也後申者先屈者也是以神龍以為德尺蠖以求申昔湯事葛文王事昆夷固仁者能以大事小若陛下明哲之使繼能陸賈之蹤者使之江南發愷悌之詔張日月之信開以降路權必奉承聖化斯不疑也

求自試表二首

臣植言臣聞士之生世入則事父出則事君事父尚於榮親事君貴於興國故慈父不能愛無益之子仁君不能畜無用之臣夫論德而授官者成功之君也量能而受爵者畢命之臣也故君無虛授臣無虛受虛授謂之謬舉虛受謂之尸祿詩之素餐所由作也昔二虢不辭兩國之任其德厚也旦奭不讓燕魯之封其功大也今臣蒙國重恩三世于今矣正值陛下升平之際沐浴聖

澤潛潤德教可謂厚幸矣而位竊東藩爵在上列身被輕煖口厭百味目極華靡耳倦絲竹者爵重祿厚之所致也退念古之受爵祿者有異于此皆以功勤濟國輔主惠民今臣無德可述無功可紀若此終年無益國朝將挂風人彼已之譏是以上慚玄冕俯愧朱紱方今天下一統九州晏如顧西尚有違命之蜀東有不臣之吳使邊境未得稅甲謀士未得高枕者誠欲混同宇內以致太和也故啓滅有扈而夏功昭成克商奄而周德著

令陛下以聖明統世將欲卒文武之功繼成康之隆簡良授能以方叔召虎之臣鎮衛四境為國爪牙者可謂當矣然而高鳥未挂於輕繳淵魚未懸於鉤餌者恐釣射之術或未盡也昔耿弇不俟光武亟擊張步言不以賊遺於君父也故車右伏劒於明轂雍門刎首於齊境若此二子豈惡生而尚死哉誠忿其慢主而凌君也夫君之寵臣欲以除患興利臣之事君必殺身靜亂以功報主也昔賈誼弱冠求試屬國請係單于之頸而制其

命終軍以妙年使越欲得長纓占其王羈致北闕此二臣者豈好為夸主而曜世俗哉志或鬱結欲逞其才力輸能於明君也昔漢武為霍去病治第辭曰匈奴未滅臣無以家為夫憂國忘家捐軀濟難忠臣之志也今臣居外非不厚也而寢不安席食不遑味者以二方未尅為念伏見先帝武臣宿兵年耆即世者有聞矣雖賢不乏世宿將舊卒由習戰也竊不自量志在授命庶立毛髮之功以報所受之恩若使陛下出不世之詔效臣錐

刀之用使得西屬大將軍當一校之隊若東屬大司馬統偏師之任必乘危蹈險騁舟奮驪突刃觸鋒為士卒先雖未能擒權馘亮庶將虜其雄率殲其醜類必效須臾之捷以滅終身之愧使名掛史筆事列朝榮雖身分蜀境首懸吳闕猶生之年也如微才弗試沒世無聞徒榮其軀而豐其體生無益於事死無損於數虛荷上位而忝重祿禽息鳥視終於白首此徒圈牢之養物非臣之所志也流聞東軍失備師徒小衂輟食忘餐奮袂攘

袒撫劒東顧而心已馳於吳會矣臣昔從先武皇帝南極赤岸東臨滄海西望玉門北出玄塞伏見所以行師用兵之勢可謂神妙也故兵者不可豫言臨難而制變者也志欲自効於明時立功於聖世每覽史籍觀古忠臣義士出一朝之命以徇國家之難身雖屠裂而功勳著於景鐘名稱垂於竹帛未嘗不撫心而歎息也臣聞明主使臣不廢有罪故奔北敗軍之將用而秦魯以成其功絶纓盜馬之臣赦而楚趙以濟其難臣竊感先帝

早崩威王棄世臣獨何人以堪長久常恐先朝露塡溝壑墳土未乾而身名並滅臣聞騏驥長鳴伯樂昭其能盧狗悲號韓國知其才是以效之齊楚之路以逞千里之任試之狡兔之捷以驗搏噬之用令臣志狗馬之微功竊自惟度終無伯樂韓國之舉是以於悒而竊自痛者也夫臨博而企竦聞樂而竊抃者或有賞音而識道也昔毛遂趙之陪隷猶假錐囊之喻以悟主立功何況巍巍大魏多士之朝而無慷慨死難之臣乎夫自衒自

媒者士女之醜行也干時求進者道家之明忌也而臣敢陳聞於陛下者誠與國分形同氣憂患共之者也冀以塵霧之微補益山海熒燭末光增輝日月是以敢冒其醜而獻其忠必知為朝士所笑聖主不以人廢言伏惟陛下少垂神聽臣則幸矣

又

五帝之世非皆智三季之末非皆愚用與不用知與不知也夫相者文德昭者也將者武功烈者也文德昭則

可以匡國朝叙百揆稷契夔龍是矣武功烈則可以征不庭廣邦境南仲方叔是也昔伊尹之為媵臣至賤也吕尚之處漁釣至陋也及其見舉湯文誠合志同豈復假近習之薦因左右之介哉發騏驥於吳越可謂困矣及其伯樂相之孫子遇之形體不勞而坐取千里伯樂善御馬明君善御臣誠任賢使能之明效也昔段干木脩德於閭閻秦師為之輟攻而文侯以安穰苴授節於邦境燕晉為之退師而景公無患皆簡德尊賢之所致

也願陛下垂高宗傅嵓之明以顯中興之功

謝賜柰表

即夕殿中虎賁宣詔賜臣等冬柰一奩柰以夏熟今則冬生物以非時為珍恩施以口為厚非臣等所宜荷之

諫伐遼東表

臣伏以遼東負阻之國勢便形固帶以遼海今輕車遠攻師疲力屈彼有其備所謂以逸待勞以飽待饑者也以臣觀之誠未易攻也若國家攻之而必克屠襄平之

城懸公孫之首得其地不足以償中國之費虜其民不足以補三軍之失是我所獲不如所喪也若其不拔曠日持久暴師於野然天時不測水潦無常彼我之兵連於城下進則有高城深池無所施其功退則有歸途不通道路纖好東有待釁之吳西有伺隙之蜀吳越東南荆楊騷動蜀應西境則雍涼三分兵不解於外民罷困於內促耕不解其饑疾蠶不救其寒夫渴而後穿井饑而後殖種可以圖遠難以應卒也臣以為當今之務在

於省徭役薄賦斂勸農桑三者既備然後令伊管之臣得施其術孫吳之將得奮其力若此則太平之基可立而待康哉之歌可坐而聞曾何憂於二敵何懼於公孫乎令不息邦畿之内而勞神於蠻貊之域竊為陛下不取也

獻璧表

臣聞玉不隱瑕臣不隱情伏知所進非和氏之璞萬國之幣璧為充貢

獻文帝馬表

臣於先武皇帝世得大宛紫騂一疋形法應圖善持頭尾教令習拜令輒已能又能行與鼓節相應謹以表奉獻

上牛表

臣聞物以洪珍細亦或貴故不見僬僥之微不知泱漭之泰不見果下之乘不别龍馬之大高下相懸所以致觀也謹奉牛一頭不足追遵大小之制形少有殊敢不

獻上

謝皷吹表

許以簫管之樂榮以田游之嬉陛下仁重有虞恩過周旦濟世安宗實在聖德

求通親親表

臣植言臣聞天稱其高者以無不覆地稱其廣者以無不載日月稱其明者以無不照江海稱其大者以無不容故孔子曰大哉堯之為君惟天為大惟堯則之夫天

德於萬物可謂弘廣矣蓋堯之為教先親後踈自近及
遠其傳曰克明峻德以親九族九族既睦平章百姓及
周之文王亦崇厥化其詩曰刑于寡妻至于兄弟以御
于家邦是以雍雍穆穆風人詠之昔周公弔管蔡之不
咸廣封懿親以藩屏王室傳曰周之宗盟異姓為後誠
骨肉之恩爽而不離親親之義實在敦固未有義而後
其君仁而遺其親者也伏惟陛下資帝唐欽明之德體
文王翼翼之仁惠洽椒房恩昭九親羣臣百僚番休遞

上執政不廢於公朝下情得展於私室親理之路通慶弔之情展誠可謂恕已治人推惠施恩者矣至於臣者人道絕緒禁錮明時臣切自傷也不敢乃望交氣類脩人事敘人倫近且婚媾不通兄弟永絕吉凶之問塞慶弔之禮廢恩紀之違甚於路人隔閡之異殊於胡越今臣以一切之制永無朝覲之望至於注心皇極結情紫闥神明知之矣然天實為之謂之何哉退省諸王常有戚戚具爾之心願陛下沛然垂詔使諸國慶問四節得

展以叙骨肉之懽恩全怡怡之篤義妃妾之家膏沐之遺歲得再通齊義於貴宗等惠於百司如此則古人之所歎風雅之所詠復存於聖世矣臣伏自惟省無錐刀之用及觀陛下之所拔授若以臣為異姓竊自料度不後於朝士矣若得辭遠遊戴武弁解朱組佩青紱駙馬奉車趣得一號安宅京室執鞭珥筆出從華蓋入侍輦轂承答聖問拾遺左右乃臣丹情之至願不離於夢想者也遠慕鹿鳴君臣之宴中詠棠棣匪他之誡下思伐

木友生之義終懷蓼莪罔極之哀每四節之會塊然獨處左右唯僕隸所對唯妻子高談無所與陳發義無所與展未嘗不聞樂而拊心臨觴而歎息也臣伏以為犬馬之誠不能動人譬人之誠不能動天崩城隕霜臣初信之以臣心況徒虛語耳若葵藿之傾葉太陽雖不為之迴光然終向之者誠也臣竊自比葵藿若降天地之施垂三光之明者實在陛下臣聞文子曰不為福始不為禍先令之否隔友于同憂而臣獨唱言者何也竊不

顧於聖代使有不蒙施之物必有慘毒之懷故栢舟有天只之怨谷風有棄予之嘆伊尹恥其君不為堯舜孟子曰不以舜之所以事堯事其君者不敬其君者也臣之愚蔽固非虞伊至於欲使陛下崇光被時雍之美宣緝熙章明之德者是臣慺慺之誠竊所獨守實懷鶴立企佇之心敢復陳聞者兾陛下儻發天聰而垂神聽也

慶文帝受禪章

陛下以聖德龍飛順天革命允答神符誕作民主乃祖

先後積德累仁世濟其美以曁於先王勤恤民隱劬勞勠力以除其害經營四方不遑起處是用降茲福慶光啓于魏下承統業贊戎前緒克廣德音綏靜内外紹先周之舊跡襲文武之懿德保大定功海内為一豈不休哉

慶文帝受禪章

陛下以明聖之德受天顯命良辰即阼以臨天下洪化宣流洋溢宇内是以普天率土莫不承風欣慶執贄奔

走奉賀闕下況臣親體至戚懷歡踊躍

上卞太后誄表

大行太皇后資坤元之性體載物之仁齊美姜嫄等德任姒佐政内朝惠加四海草木荷恩含氣受潤庶鍾元吉承育萬祚何圖一旦早棄明朝背絶臣庶悲痛靡告臣聞名以述德誄尚及哀是以冒越諒闇之禮作誄一篇知不足讚揚名貴以展臣蓼莪之思憂荒情散不足觀采晉左九嬪上元皇后誄表曰伏惟聖善宣慈仁洽

六宮含弘光大德潤四海竊聞之前志卑不隷尊少不隷長楊雄臣也而隷漢后班固子也而隷其父皆以述揚景行顯之竹帛豈所謂三代不同禮隨時而作者乎

黄初五年令

夫遠不可知者天也近不可知者人也傳曰知人則哲堯猶病諸諺曰人心不同若其面焉唯女與小人為難養也近之則不遜遠之則有怨詩云憂心悄悄慍于羣小自世間人或受寵而背恩或無故而入叛違顧左右

曠然無信大嚼者作斷其舌右手執斧左手執鉞傷吏一身之中尚有不可信況於人乎唯無深瑕潛釁隱過匿慝乃可以為人諺曰穀千駑不如養一驢穀駑養虎大無益也知韓昭侯之弊袴良有以也使臣有三品有可以仁義化者有可以恩惠驅者不足以導之則當以刑罰復不足以率之則明所以不畜故唐堯至仁不能容無益之子湯武至聖不能養無益之臣九折臂知為良醫吾知所以待下矣諸吏各敬爾在位孤推一槩之

平功之宜賞於疏必與罪之宜戮在親不赦此令之行有若皦日於戲羣臣其覽之哉 又黃初六年令曰身輕於鴻毛而謗重於泰山賴蒙帝王天地之仁 違百師之典議舍三千之首戾反我舊居襲我初服雲雨之施焉有量哉孤以何功而納斯貺富而不恡寵至不驕者則周公其人也孤小人爾身更以榮為戚何者將恐簡易之尤出於細微脫爾之愆一朝復露也故欲修吾往業守吾初志欲使皇帝恩在摩天使孤心常存此地將以

全陛下厚德究孤犬馬之年此難能也然固欲行衆之難詩曰德輶如毛鮮克舉之此之謂也

上責躬詩表

臣植言臣自抱釁歸藩刻肌刻骨追思罪戾晝分而食夜分而寢誠以天網不可重罹聖恩難可再恃切感相鼠之篇無禮遄死之義形影相弔五情愧赧以罪棄生則為古賢夕改之勸忍垢苟全則犯詩人胡顏之譏伏惟陛下德象天地恩隆父母施暢春風澤如時雨是以

下別荊棘者慶雲之惠也七子均養者鳲鳩之仁也舍
罪責功者明君之舉也矜愚愛能者慈父之恩也是以
愚臣徘徊於恩澤而不敢自棄者也前奉詔書臣等絶
朝心離志絶自分黄耇永無執圭之望不圖聖詔猥垂
齒召至止之日馳心輦轂僻處西館未奉闕庭踊躍之
懷瞻望反側不勝犬馬戀主之情謹拜表并獻詩二首
詞旨淺末不足採覽貴露下情冒顔以聞

龍見表

臣聞鳳凰復見於鄗南黄龍雙出於清泉聖德至理以致嘉瑞將棲鳳於林囿豢龍於陂池為百姓旦夕之所觀

冬至獻襪頌表

伏見舊儀國家冬至獻履貢襪所以迎福踐長先臣或為之頌臣既玩其嘉藻願述朝慶千載昌期一陽嘉節四方交泰萬物昭蘇亞歲迎祥履長納慶不勝感節情繫帷幄拜表奉賀并獻紋履七量襪若干副上獻以聞

謹獻

上先帝賜鎧表

先帝賜臣鎧黑光明光各一領兩當鎧一領今代以平兵革無事乞悉以付鎧曹自理

曹子建集卷八

曹子建集卷九

魏　曹植　撰

誥咎文

五行致災先史咸以為應政而作天地之氣自有變動未必政治之所興致也于時大風發屋拔木意有感焉聊假六帝之命以告咎祈福辭曰

上帝有命風伯雨師夫風以動氣雨以潤時陰陽協和

氣物以滋亢陽害苗暴風傷條伊周是過在湯斯遭桑林既禱慶雲克舉偃禾之復姬公去楚況我皇德承天統民禮敬川嶽祇肅百神享茲元吉釐福日新至若炎旱赫羲焱風扇發嘉卉以委良木以拔何谷宜填何山應伐何靈宜論何神宜謁於是五靈振悚皇祇赫怒招搖驚怯攙搶奮斧河伯典澤屏翳司風迴呵飛厲顧叱風隆息焱遏暴元勑華嵩慶雲是興效厥豐年遂乃沈陰坱圠甘澤微微雨我公田爰曁于私黍稷盈疇芳草

依依靈禾重穗生彼邦畿年登歲豐民無餒饑

釋愁文

予以愁慘行吟路邊形容枯悴憂心如醉有玄靈先生見而問之曰子將何疾以至於斯答曰吾所病者愁也先生曰愁是何物而能病子乎答曰愁之為物惟慌惟惚不召自來推之弗往尋之不知其際握之不盈一掌寂寂長夜或羣或黨去來無方亂我情爽其來也難退其去也易追臨餐困於哽咽煩冤毒於酸嘶加之以粉

飾不澤飲之以兼肴不肥温之以金石不消靡之以神膏不希授之以巧笑不悅樂之以絲竹增悲醫和絕思而無措先生豈能為我著龜乎先生作色而言曰予徒辯子之愁形未知子愁所由而生我獨為子言其發矣方今大道既隱子生末季沈溺流俗眩惑名位濯纓彈冠諮趣榮貴坐不安席食不終味遑遑汲汲或憔或悴所鬻者名所拘者利良由華薄凋損正氣吾將贈子以無為之藥給子以淡薄之湯刺子以玄虛之針灸子以

淳樸之方安子以恢廓之宇坐子以寂寞之林使王喬與子遨遊而逝黄公與子詠歌而行莊子與子具養神之撰老聃與子致愛性之方趣避路以棲跡乘輕雲以翱翔於是精駭魂散改心回趣願納至言仰崇玄度衆愁忽然不辭而去

七啓

昔枚乘作七發傅毅作七激張衡作七辯崔駰作七依辭各美麗予有慕之焉遂作七啓并命王粲作焉

玄微子隱居大荒之庭飛遯離俗澄神定靈輕祿傲貴
與物無營耽虛好靜羨此永生獨馳思乎天雲之際無
物象而能傾於是鏡機子聞而將往說焉駕超野之駟
乘追風之輿經迥漠出幽墟入乎泱漭之野遂屆玄微
子之所居其居也左激水右高岑背洞壑對芳林冠皮
弁被文裘出山岫之潛穴倚峻崖而嬉游志飄飄焉嶢
嶢焉似若狹六合而隘九州若將飛而未逝若舉翼而
中留於是鏡機子攀葛藟而登距岊而立順風而稱曰

予聞君子不遯俗而遺名智士不背世而滅勲今吾子棄道藝之華遺仁義之英耗精神乎虚廓廢人事之紀經譬若畫形於無象造響於無聲未之思乎何所規之不通也玄微子俯而應之曰譆有是言乎夫太極之初混沌未分萬物紛錯與道俱隆蓋有形必朽有跡必窮茫茫元氣誰知其終名穢我身位累我躬竊慕古人之所志仰老莊之遺風假靈龜以託喻寧掉尾於塗中

鏡機子曰夫辯言之豔能使窮澤生流枯木發榮庶感

靈而激神況近在乎人情僕將為君子說游觀之至娛
演聲色之妖靡論變化之至妙敷道德之弘麗願聞之
乎玄微子曰吾子整身倦世探隱拯沈不遠遐路幸見
光臨將敬滌耳以聽玉音
鏡機子曰芳菰精粺霜蓄露葵玄熊素膚肥豢膿肌蟬
翼之割剖纖析微累如疊縠離若散雪輕隨飛風刃不
轉切山鷄斥鷃珠翠之珍搴芳蓮之巢龜膾西海之飛
鱗臛江東之潛鼉臇漢南之鳴鶉糅以芳酸甘和既醇

玄冥適鹹蓐收調辛紫蘭丹椒施和必節滋味既殊遺芳射越乃有春清縹酒康狄所營應化則變感氣而成彈徵則苦發扣宮則甘生於是盛以翠樽酌以雕觴浮蟻鼎沸酷烈馨香可以和神可以娛腸此餚饌之妙也子能從我而食之乎玄微子曰予甘藜藿未暇此食也鏡機子曰步光之劒華藻繁縟飾以文犀雕以翠綠綴以驪龍之珠錯以荆山之玉陸斷犀象未足稱雋隨波截鴻水不漸刃九旒之冕散曜垂文華組之纓從風紛

紞佩則結緑懸黎寳之妙微符采照爛流景揚輝黼黻之服紗縠之裳金華之舄動趾遺光繁飾參差微鮮若霜緄佩綢繆或彫或錯薫以幽若流芳肆布雍容閑步周旋馳燿南威為之解顔西施為之巧笑此容飾之妙也子能從我而服之乎玄微子曰予好毛褐未暇此服也

鏡機子曰馳騁足用蕩思游獵可以娱情僕將為吾子駕雲龍之飛駟飾玉輅之繁纓垂宛虹之長緌抗招揺

之華旍插忘歸之矢秉繁弱之弓忽躡景而輕騖逸奔驥而超遺風於是磎填谷塞榛藪平夷緣山置罝彌野張罘下無漏跡上無逸飛鳥集獸屯然後會圍獠徒雲布武騎霧散丹旗燿野戈殳晧旰曳文狐掩狡兔捎鶤鷄拂振鷺當軌見藉值足遇踐飛軒電逝獸隨輪轉翼不暇張足不及騰動觸飛鋒舉挂輕罾搜林索險探薄窮阻騰山赴壑風厲猋舉機不虛發中必飲羽於是人稠網宻地逼勢脇哮闞之獸張牙奮鬣志在觸突猛氣

不慴乃使北宫東郭之疇生抽豹尾分裂貙肩形不抗手骨不隱拳批熊碎掌拉虎摧班野無毛類林無羽羣積獸如陵飛翮成雲於是駴鍾鳴鼓收旌弛旆頓網縱網罷獠回邁駿騄齊驤揚鑾飛沫俯倚金較仰撫翠蓋雍容暇豫娱志方外此羽獵之妙也子能從我而觀之乎玄微子曰予性樂恬静未暇此觀也

鏡機子曰閑宫顯敞雲屋皓旰崇景山之高基迎清風而立觀彤軒紫柱文榱華梁綺井含葩金墀玉廂温房

則冬服絺綌清室則中夏含霜華閣緣雲飛陛陵虛俯眺流星仰觀八隅升龍攀而不逮眇天際而高居繁巧神怪變名異形班輸無所措其斧斤離婁為之失睛麗草交植殊品詭類綠葉朱榮熙天曜日素水盈沼叢木成林飛翮陵高鱗甲隱深於是逍遙暇豫忽若忘歸乃使任子垂釣魏氏發機芳餌沈水輕繳弋飛落翳雲之翔鳥援九淵之靈龜然後採菱花擢水蘋弄蛛蜯戲鮫人諷漢廣之所詠覿游女於水濱燿神景於中沚被輕

穀之纖羅遺芳烈而静步抗皓手而清歌歌曰望雲際兮有好仇天路長兮往無由佩蘭蕙兮為誰脩嬿婉絶兮我心愁此宫館之妙也子能從我而居之乎玄微子曰予躭嵓穴未暇此居也

鏡機子曰旣游觀中原逍遥閒宫情放志蕩淫樂未終亦將有才人妙妓遺世越俗揚北里之流聲紹陽阿之妙曲爾乃御文軒臨洞庭琴瑟交揮左篪右笙鍾鼓俱振簫管齊鳴然後姣人乃被文縠之華袿振輕綺之飄

颻戴金搖之熠燿揚翠羽之雙翹揮流芳燿飛文歷盤鼓煥繽紛長裾隨風悲歌入雲蹻捷若飛蹈虛遠蹠陵躍超驤蜿墠揮霍翔爾鴻翥濈然鳧沒縱輕體以迅赴景追形而不逮飛聲激塵依威屬響才捷若神形難為象於是為歡未渫白日西頹散樂變飾微步中閨玄眉弛兮鉛花落收亂髮兮拂蘭澤形媠服兮揚幽若紅顏宜笑睇盼流光時與吾子攜手同行踐飛除即閒房花燭爛帷幕張動朱脣發清商揚羅袂振華裳九秋之夕

為歡未央此聲色之妙也子能從我而遊之乎玄微子曰予願清虛未暇及此遊也

鏡機子曰予聞君子樂奮節以顯義烈士甘危軀以成仁是以雄俊之徒交黨結倫重氣輕命感分遺身故田光伏劍於北燕公叔畢命於西秦果毅輕斷虎步谷風威慴萬乘華夏稱雄詞未及終而玄微子曰善鏡機子曰此乃游俠之徒耳未足稱妙也若夫田文無忌之儔乃上古之俊公子也皆飛仁揚義騰躍道藝遊心無方

抗志雲際陵轢諸侯馳驅當世揮袂則九野生風慷慨
則氣成虹蜺吾子若當此之時能從我而友之乎玄微
子曰予亮願焉然方於大道有累如何
鏡機子曰世有聖宰翼帝霸世同量乾坤等曜日月玄
化參神與靈合氣惠澤播於黎苗威靈振乎無外超隆
平於殷周踵羲皇而齊泰顯朝惟清王道遐均民望如
草我澤如春河濱無洗耳之士喬嶽無巢居之民是以
俊乂來仕觀國之光舉不遺材進各異方讚典禮於辟

雍講文德於明堂正流俗之華說綜孔氏之舊章散樂
移風國富民康神應休臻屢獲嘉祥故甘露紛而晨降
景星宵而舒光觀遊龍於神淵聆鳴鳳於高岡此霸道
之至隆而雍熙之盛際然主上猶尚以沈恩之未廣懼
聲教之未厲采英奇於仄陋宣皇明於嵓穴此甯子商
歌之秋而呂望所以投綸而逝也吾子為太和之民不
欲仕陶唐之世乎於是玄微子攘袂而興曰偉哉言乎
近者吾子所述華淫欲以厲我祇攪予心至聞天下穆

清明君莅國覽盈虛之正義知頑素之迷惑令予廓爾
身輕若飛願反初服從子而歸

九詠

芙蓉車兮桂衡結萍蓋兮翠旌四蒼虬兮翼轂駕陵魚
兮驂鯨茵蘤兮蘭席蕙幬兮苓牀抗南箕兮簸瓊蓝挹
天河兮滌玉觴靈既降兮泊静默登文階兮坐紫房服
春榮兮猗靡雲居繞兮容裔冠北辰兮岌峨帶長虹兮
陵厲蘭肴御兮玉俎陳雅音奏兮文虞羅感漢廣兮羡

游女揚激楚兮詠湘娥臨回風兮浮漢渚目牽牛兮眺織女交有際兮會有期嗟痛吾兮來不時來無見兮進無聞泣下雨兮嘆成雲先后悔其靡及冀后土之一悟猶搦轡而繁策馳覆車之危路羣秉舟而無檝將何川而能度何世俗之蒙昧悼邦國之未静焚椒蘭其望治由倒裳而求領尋湘漢之長流採芳岸之靈芝遇游女於水裔採菱花而結詞野蕭條以極望曠千里而無人民生期於必死何自苦以終身寧作清水之沈泥不為

蜀路之飛塵

柳頌序

予以閑暇駕言出遊過友人楊德祖之家視其屋宇寥廓庭中有一柳樹聊戲刋其樹葉故著斯文表之遺翰遂因辭勢以譏當今之士

司馬仲達書

今賊徒欲保江表之城守歐吴耳無有爭雄於宇角勝於平原之志也故其俗蓋以洲渚為營壁江淮為城塹

而已若可得挑致則吾一旅之卒足以敵之蓋弋鳥者矯其矢釣魚者理其綸此皆度彼為慮因象說宜者也今足下曾無矯矢理綸之謀徒欲候其離舟伺其登陸乃圖并吳會之地牧東野之民恐非主上授節將之心也

與楊德祖書

植白數日不見思子為勞想同之也僕少小好為文章迄至於今二十有五年矣然今世作者可略而言也昔

仲宣獨步於漢南孔璋鷹揚於河朔偉長擅名於青土
公幹振藻於海隅德璉發跡於北魏足下高視於上京
當此之時人人自謂握靈蛇之珠家家自謂抱荆山之
玉吾王於是設天網以該之頓八紘以掩之今悉集茲
國矣然此數子猶復不能飛軒絶跡一舉千里也以孔
璋之才不閑於詞賦而多自謂能與司馬長卿同風譬
畫虎不成反為狗也前有書嘲之反作論盛道僕讃其
文夫鍾期不失聽于今稱之吾亦不能妄嘆者畏後世

之嗤余也世人著述不能無病僕嘗好人譏彈其文有不善應時改定昔丁敬禮嘗作小文使僕潤飾之僕自以才不過若人辭不為也敬禮謂僕卿何所宜難文之佳惡吾自得之後世誰相知定吾文者邪吾嘗歎此達言以為美談昔尼父之文辭與人通流至於制春秋游夏之徒乃不能措一辭過此而言不病者吾未之見也蓋有南威之容乃可以論於淑媛有龍泉之利乃可以議於斷割劉季緒才不能逮於作者而好詆訶文章掎

摭利病昔田巴毀五帝罪三王訾五霸於稷下一旦而
服千人魯連一說使終身杜口劉生之辯未若田氏今
之仲連求之不難可無息乎人各有好尚蘭茝蓀蕙之
芳衆人所好而海畔有逐臭之夫咸池六莖之發衆人
所共樂而墨翟有非之之論豈可同哉今往僕少小所
著辭賦一通相與夫街談巷說必有可采擊轅之歌有
應風雅匹夫之思未易輕棄也辭賦小道固未足以揄
揚大義彰示來世也昔揚子雲先朝執戟之臣耳猶稱

壯夫不為也吾雖薄德位為蕃侯猶庶幾勠力上國流惠下民建永世之業流金石之功豈徒以翰墨為勲績辭賦為君子哉若吾志未果吾道不行則將采庶官之實錄辯時俗之得失定仁義之衷成一家之言雖未能藏之於名山將以傳之於同好非要之皓首豈今日之論乎其言之不慚恃惠子之知我也明早相迎書不盡懷曹植白

與吳季重書

植白季重足下前日雖因常調得為密坐雖燕飲彌日
其於别遠會稀猶不盡其勞積也若夫觴酌陵波於前
簫笳發音於後足下鷹揚其體鳳觀虎視謂蕭曹不足
儔衛霍不足侔也左顧右眄謂若無人豈非君子壯志
哉過屠門而大嚼雖不得肉貴且快意當斯之時願舉
泰山以為肉傾東海以為酒伐雲夢之竹以為笛斬泗
濱之梓以為箏食若填巨壑飲若灌漏卮其樂固難量
豈非大丈夫之樂哉然日不我與曜靈急節面有過景

之速别有參商之闊思欲抑六龍之首頓羲和之轡折若木之華閉濛汜之谷天路高邈良久無緣懷戀反側何如何如得所來訊文采委曲煜若春榮瀏若清風申詠反覆曠若復面其諸賢所著文章想還所治復申詠之也可令憙事小吏諷而誦之夫文章之難非獨今也古之君子猶亦病諸家有千里驥而不珍焉人懷盈尺和氏而無貴矣夫君子而不知音樂古之達論謂之通而蔽墨翟不好伎何為過朝歌而迴車乎足下好伎而

正值墨翟（一作氏）迴車之縣想足下助我張目也又聞足下在彼自有佳政夫求而不得者有之矣未有不求而自得者也且改轍而行非良樂之御易民而治非楚鄭之政願足下勉之而已矣適對嘉賓口授不悉往來數相聞曹植白

任城王誄

昔二虢佐文旦奭翼武於休我王魏之元輔將崇懿跡等號齊魯如何奄忽命不是與仁者悼没兼彼殊類矧

我同生能不惜怛目想官墀心在平素彷彿魂神馳情
陵墓凡夫受命達者狥名王雖甍祖功著丹青人誰不
没德貴有遺乃作誄曰
幼有令德光輝珪璋孝殊閔氏義達參商温温其恭爰
柔克剛心存建業王室是匡矯矯元戎雷動雨徂横行燕
氏威慴北胡奔虜無竄還戰高柳王率壯士常為君首
宜究長年永保皇家如何奄忽景命不遐同盟飲淚百
寮咨嗟

大司馬曹休誄

於穆公侯魏之宗室明德紀踵奕世純粹闡弘汎愛仁以接物藝以為華體斯亮實年没弱冠志在雄英高揖名師發言有章東夏翕然稱曰龍先貧而無怨孔以為難嗟我公侯屢空是安不耽世禄親悦為歡好彼蓬樞甘彼瓢簞味道忘憂踰憲超顔矯矯公侯不撓其厄呵叱三軍躬奮雄戟足蹴白刃手按飛鏑終弭淮南保我疆埸

光禄大夫荀侯誄

如氷之清如玉之潔法而不威和而不褻百寮欽歔天子霑纓機女投杼農夫輟耕輪結徹而不轉馬悲鳴而倚衡

平原懿主公誄

俯振地紀仰錯天文悲風激興霜𣋌雪雰凋蘭夭蕙良幹以泯於惟懿王瑛瑤其質協策應期含英秀出岐嶷之姿實朗實極在生十旬察人識物儀同聖表聲協音

律驤眉識往俛首知來求顏必笑和音則該阿保接手侍御充傍常在繦褓不停幃牀專愛一宮取玩聖皇何圖奄忽罹天之殃魂神遷移精爽翱翔號之不應聽之不聆帝用吁嗟嗚呼哀哉憐爾早没不逮陰光改封大郡惟帝舊疆建土開家邑移蕃王琨珮惟鮮朱紱斯煌國號既崇哀爾孤獨配爾君子華宗貴族爵以列侯銀艾優渥成禮于宮靈輀交轂生雖異室殁同山嶽爰構玄宮玉石交連朱房皓壁皓曜電鮮飾終備泣法生象

存長埏繕脩神閨掩扉二柩並降雙魂孰依人誰不没
憐爾尚微阿保感激上聖傷悲城闕之詩以日踰歲況
我愛子神光長滅扃關一閟曷其復晰

武帝誄

於惟我王承運之衰神武震發羣雄戡夷拯民于下
登帝太微德美旦奭功越彭韋九德光備萬國作師
寢疾不興聖體長違華夏飲淚黎庶含悲神翳功顯
身沉名飛敢揚聖德表之素旗乃作誄曰

於穆我王冑稷胤周賢聖是紹元懿允休先侯佐漢實
維平陽功成績著德昭二王民以寧一興詠有章我王
承統文姿特生年在志學謀過老成奮臂舊邦翻身上
京表與我王交兵若神張陳背誓傲帝虐民擁徒百萬
虎視朔濱我王赫怒戎車列陳武卒處闞如雷如電攙
搶北掃舉不浹辰紹遂奔北河朔是賓振旅京師帝嘉
厥庸乃位丞相揔攝三公進受上爵臨君魏邦九錫昭
備大路光龍玄鑑靈察探幽洞微下無偽情姦不容非

敦儉尚古不玩珠玉以身先下民以純樸聖性嚴毅手
脩清一惟善是嘉靡疏靡昵怒過雷電喜踰春日萬國
肅虔望風震肅既揔庶政兼覽儒林窮著雅頌被之琴
瑟茫茫四海我王康之微微漢嗣我王匡之羣傑扇動
我王服之喁喁黎庶我王育之光有天下萬國作君虔
奉本朝德美周文以寛克衆每征必舉四夷賓服功夷
聖武翼帝王世神武鷹揚左鉞右旄威凌伊吕年踰耳
順體壯志肅乾乾庶事氣過方叔宜並南嶽君國無窮

如何不弔禍終聖躬棄離臣子背世長終兆民號咷仰愬上穹既以約終令節不衰既即梓宮躬御綴衣璽不存身唯綈是荷明器無飾陶素是嘉既次西陵幽閨啓路羣臣奉迎我王安厝窈窕玄宇三光不晰幽闥一扃尊靈永蟄聖上臨穴哀號靡及羣臣陪臨佇立以泣去此昭昭於彼冥冥永棄兆民下君百靈千代萬乘曷時復形

文帝誄

嗚呼哀哉于時天震地駭崩山隕霜陽精薄景五緯錯行百姓吁嗟萬國悲悼若喪考妣恩過慕唐擗踊郊野仰想穹蒼僉曰何為早世隕喪嗚呼哀哉悲夫大行忽焉光滅永棄萬民雲往雨絶承問慌惚惛懵哽咽袖鋒抽刃欲自强斃追慕三良甘心同穴感彼南風惟以鬱滯終於偕没指景自逝考諸先記尋之誓言生若浮寄惟德可論朝聞夕逝孔志所存皇雖一歿天禄永延何以述德表之素旃何以詠功宣之

管絃乃作誄曰

皓皓太素兩儀始分中和產物肇有人倫爰暨三皇實秉道真降逮五帝繼以懿純三代製作踵武立勳季嗣不綱網漏于秦崩樂滅學儒坑禮焚二世而殲漢氏乃因弗求古訓嬴政是遵王綱帝典闃爾無聞末光幽昧道究運遷乾坤回歷簡聖授賢乃眷大行屬以黎元龍飛啓祚合契上玄五行定紀改號革年明明赫赫受命于天仁風偃物德以禮宣祥惟聖質嶷在幼妍庶幾六

典學不過庭潛心無妄元志清冥才秀藻朗如玉之瑩聽察無響瞻覩未形其剛如金其貞如瓊如冰之潔如砥之平爵必無私戮違無輕心鏡萬機攬照下情思良股肱嘉昔伊吕搜揚側陋舉湯代禹拔才嵓穴取士蓬戶唯聽是索弗拘禰祖宅土之表道義是圖弗營厥險六合是虞齊契共遵下以純民恢折規矩克紹前人科條品制褒貶以因乘殷之輅行夏之辰金根黄屋翠葆龍鱗紼冕崇麗衡紞維新尊肅禮容矚之若神方牧妙

舉欽於恤民虎將荷節鎮彼四鄰朱旗所勦九壤被震
疇克不若孰敢不臣縣旌海表萬里無塵虜備凶徹鳥
殪江岷摧若涸魚乾若脯鱗肅慎納貢越裳效珍條支
絕域獻款內賓德儕先王功侔太古上靈降瑞黃初叔
祜河龍洛龜陵波遊下平均應繩神鸞翔舞數莢階除
系風扇暑皓獸素禽飛走郊野神鍾寶鼎形自舊土雲
英甘露瀸塗被宇靈芝冒沼朱華蔭渚回回凱風祁祁
甘雨稼穡豐登我稷我黍家佩惠君戶蒙慈父圖致太

和洽德全義將登泰山先皇作儷鐫石紀勲兼録衆瑞
方隆封禪歸功天地賔禮百靈勲命視規望祭四嶽燎
封奉柴肅于南郊宗祀上帝三牲既供夏禘秋嘗元侯
佐祭獻璧奉璋鸞輿幽藹龍旂太常爰迄太廟鐘鼓鍠
鍠頌德詠功八佾鏘鏘皇祖既饗烈考來享神具醉止
降兹福祥天地震蕩大行康之三辰暗昧大行光之皇
紘惟絶大行綱之神器莫統大行當之禮樂廢弛大行
張之仁義陸沈大行揚之潛龍隱鳳大行翔之疏狄遐

康大行匡之在位七載元功仍舉將永大和絕迹三五
宜作物師長為神主壽終金石等筭東父如何奄息推
身后土俾我煢煢靡瞻靡顧嗟嗟皇穹胡寧忍務嗚呼
哀哉明監吉凶體遠存亡深垂典制申之嗣王聖上虔
奉是順是將乃剏玄宇基為首陽擬迹穀林追堯慕唐
合山同陵不樹不疆塗車芻靈珠玉靡藏百神警侍來
賓幽堂耕禽田獸望魂之翔於是俟大隧之致力兮練
元辰之淑禎潛華體於梓宮馮正殿以居靈顧望嗣之

號咷兮存臨者之悲聲悼晏駕之既往兮感容車之速征浮飛魂於輕霄兮就黃壚以滅形背三光之昭晰兮歸玄宅之冥冥嗟一往之不返兮痛閟闥之長扃咨遠臣之眇眇兮成凶諱以怛驚心孤絶而靡告兮紛流涕而交頸思恩榮以横奔兮閡闕塞之峣峥顧衰經以輕舉兮念關防之我嬰欲高飛而遥憩兮憚天網之遠經遥投骨於山足兮報恩養於下庭慨拊心而自悼兮懼施重而命輕嗟微軀之是效兮甘九死而忘生幾司命

之役籍兮先黄髮而隕零天蓋高而察卑兮冀神明於我聽獨鬱伊而莫告兮追顧景而憐形奏斯文以寫思兮結翰墨以敷誠嗚呼哀哉

卞太后誄

率土噴薄三光改度陵頹谷踊五行互錯皇室蕭條羽檄四布百姓欷歔嬰兒號慕若喪考妣天下縞素聖者知命殉道寶名義之攸在亦棄厥生敢揚后德表之旐旌光垂罔極以慰我情乃作誄曰

我王之生坤靈是輔作合于魏亦先聖武篤生文帝紹虞之緒龍飛紫宸奄有九土詳惟聖善岐嶷秀出德配姜嫄不忝先哲玄覽萬機兼才備藝汎納容衆含垢藏疾仰奉諸姑降接儔列陰處陽潛外明内察及踐大位母養萬國温温其人不替明德悼彼邉氓未遑宴息恒勞庶事兢兢翼翼親桑蠶館為天下式樊姬霸楚書載其庸武王有亂孔嘆其功我后齊聖克暢丹聰不出房闥心照萬邦年踰耳順乾乾匪倦珠玉不玩躬御綈練

日旰忘饑臨樂勿聽去奢即儉曠世作顯慎終如始蹈和履貞恭事神祇昭奉百靈跼天蹐地祗畏神明敬惟慎獨報禮幽冥虔肅宗廟蠲薦三牲降福無疆祝云其誠宜享斯祜蒙祉自天何圖凶咎不勉斯年嘗禱盡禮有篤無痊豈命有終神食其言遺孤在疚承諱東藩擗踊郊甸洒淚中原追號皇妣棄我何遷昔垂顧復今何不然空宮寥廓棟宇無烟物省階塗髣髴櫺軒仰瞻帷幄俯察几筵物不毀故而人不存痛莫酷斯彼蒼者天

遂臻魏都游魂舊邑大隧開塗靈魄斯戢歎息霧興揮淚雨集徘徊輀柩號咷弗及神光既幽佇立以泣

金瓠哀辭

金瓠予之首女雖未能言固已授色知心矣生十九旬而夭折乃作此辭辭曰在襁褓而撫育向孩笑而未言不終年而夭絶何見罰於皇天信吾罪之所招非弱子之無愆去父母之懷抱滅微骸於糞土天長地久人生幾時先後無覺從爾有期

行女哀辭

行女生于季秋而終于首夏三年之中二子頻喪伊上帝之降命何短脩之難裁或華髮以終年或懷妊而逢災感前愛之未闋復新殃之重來方朝華而晚敷比辰露而先晞感逝者之不追悵情忽而失度天蓋高而無階懷此恨其誰訴

仲雍哀辭

曹喈字仲雍魏太子之仲子也三月而生五月而亡昔

后稷之在寒冰鬬縠之在楚澤咸依鳥馮虎而無風塵之災今之玄弟文茵無寒冰之慘羅幃綺帳暖於翔鳥之翼幽房閑宇密於雲夢之野慈母良保仁乎鳥虎之情卒不能延期於朞載雖六旬而夭殃彼孤蘭之眇眇亮成幹其畢榮哀綿綿之弱子早背世而潛形且四孟之未周將願乎一齡陰雲回於素蓋悲風動其扶輪臨埏闥以欷歔淚流射而沾巾

王仲宣誄并序

建安二十二年正月二十四日戊申魏故侍中關内
侯王君卒嗚呼哀哉皇穹神察喆人是恃如何靈祇
殲我吉士誰謂不痛早世即冥誰謂不傷華繁中零
存亡分流夭遂同期朝聞夕没先民所思何用誄德
表之素旗何以贈終哀以送之遂作誄曰
猗歟侍中遠祖彌芳功高建業佐武伐商爵同齊魯邦
嗣絶亡流裔畢萬勲績惟光晉獻賜封于魏之疆天開
之祚末冑稱王厥姓斯氏條分葉散世茲芳烈揚聲秦

漢會遭陽九炎光中曚世祖撥亂爰建時雍三台樹位
履道是鍾寵爵之加匪惠惟恭自君二祖為光為龍僉
曰休哉宜翼漢邦或統太尉或掌司空百揆惟叙五典
克從天靜人和皇教遐通伊君顯考弈葉佐時入管機
密朝政以治出臨朔岱庶績咸熙君以淑懿繼此洪基
既有令德材技廣宣強記洽聞幽讚微言文若春華思
若涌泉發言可詠下筆成篇何道不洽何藝不閑棋局
逞巧博弈惟賢皇家不造京室隕顛宰臣專制帝用西

遷君乃羇旅離此阻艱翕然鳳舉遠竄荆蠻身窮志達
居鄙行鮮振冠南嶽濯纓清川潛處蓬室不干勢權我
公奮鉞耀威南楚荆人或違陳戎講武君乃義發算我
師旅高尚霸功投身帝宇斯言既發謀夫是與是與伊
何響我明德投戈編鄀稽顙漢北我公實嘉表揚京國
金龜紫綬以彰勲則勲則伊何勞謙靡已憂世忘家殊
略卓峙乃署祭酒與君行止算無遺策畫無失理我王
建國百司俊乂君以顯舉秉機省闥戴蟬珥貂朱衣皓

帶入侍帷幄出擁華蓋榮耀當世芳風晻藹嗟彼東夷憑江阻湖騷擾邊境勞我師徒光光戎輅霆駭風徂君侍華轂輝輝王塗思榮懷附望彼來威如何不濟運極命衰寢疾彌留吉往凶歸嗚呼哀哉翩翩孤嗣號慟崩摧發軫北魏遠迄南淮經歷山河泣涕如頹哀風興感行雲徘徊游魚失浪歸鳥忘棲嗚呼哀哉吾與夫子義貫丹青好和琴瑟分過友生庶幾遐年攜手同征如何奄忽棄我夙零感昔宴會志各高厲予戲夫子金石難

弊人命靡常吉凶異制此驩之人孰先隕越何寤夫子
果乃先逝又論死生存亡數度子猶懷疑求之明據儻
獨有靈游魂泰素我將假翼飄颻高舉超登景雲要子
天路喪柩既臻將及魏京靈輀回軌白驥悲鳴虛廓無
見藏影蔽形孰云仲宣不聞其聲延首歎息雨泣交頸
嗟乎夫子永安幽冥人誰不歿達士狥名生榮死哀亦
孔之榮嗚呼哀哉

曹子建集卷九

欽定四庫全書

曹子建集卷十

魏 曹植 撰

漢二祖優劣論

有客問予曰夫漢二帝高祖光武俱為授命撥亂之君此時事之難易論其人之優劣孰者為先予應之曰昔漢之初興高祖因暴秦而起遂誅强楚光有天下功齊湯武業流後嗣誠帝王之元勳人君之盛事也然而名不

繼德行不純道身歿之後崩亡之際果令凶婦肆虓酷之心嬖妾被人豕之刑亡趙幽囚禍殃骨肉諸呂專權社稷幾移凡此諸事豈非高祖寡計淺慮以致然彼之雄材大略俶儻之節信當世至豪健壯傑士也又其梟將畫臣皆古今之鮮有歷世之希覩彼能任其才而用之聽其言而察之故兼天下有帝位流巨功而遺元勲也世祖體乾靈之休德稟貞和之純精通黃鍾之妙理韜亞聖之懿才其為德也通達而多識仁智而明恕重

愼周容樂施而愛人值陽九無妄之世遭炎光厄會之運殷爾雷發赫然神舉用武略以攘暴興義兵以殘賊神光前驅威光先游軍未出于南京莽已斃於西都夫其蕩滌凶穢勦除醜類若順迅風而縱烈火曬白日而掃朝雲也爾乃廟謀而後動衆計定而後行師故攻無不陷之壘戰無奔北之卒是以羣下欣欣歸心聖德宣仁以和衆邁德以來遠故竇融聞聲而影附馬援一見而嘆息股肱有濟濟之美元首有穆穆之容敦睦九族

有唐虞之稱高尚純樸有羲皇之素謙虛納下有吐握之勞留心庶事有日昃之勤乃規弘跡而造皇極創帝道而立德基是以計功則業殊比隆則事異旌德則靡愆言行則無穢量力則勢微論輔則力劣卒能握乾坤之休徵應五百之顯期立不刊之遐迹建不朽之元功金石播其休烈詩書載其勳懿故曰光武其優也

魏德論

元氣否塞玄黄噴薄辰星亂逆陰陽舛錯四海鼎沸蕭

條沙漠武王之興也以道陵殘義氣風發神戈退指則妖氛順制靈旗一舉則朝陽播越惟我聖后神武蓋天威光佐掃辰彗北蠻首尾爭擊氣齊率然乃電北席卷千里隱乎若崩嶽肝乎若潰海慍彼蠻夏蠢爾弗恭措我蕭斧簡武練鋒星陳而天運振耀乎南封荆人封靡交益影從軍蘊餘勢襲利乘權蕩鬼區於白水撟矯制於遐川仰屬目於條支晞弱水之潺湲薄張騫於大夏笑驃騎於祁連其化之也如神其養之也如春柔遠能

邇誰敢不賓憲度增飾日曜月明跡存乎建安道隆乎
延康於是漢氏歸義顧音孔昭顯禪天位希唐效堯上
猶謙謙弗訥也發不世之明詔薄居而弗從蹈北人之
清節美石戸之高介義貫金石神明巳興神祇致祥乾
靈効祐於是羣公卿士功臣列辟率爾而進曰昔文王
三分居二以服事殷非能之而弗欲蓋欲之而弗能況
天綱弗禁皇綱圯紐侯民非復漢萌尺土非復漢有故
皇父創迹於前陛下光美於後蓋所謂勳成於彼位定

於此者也將使斯民播秬鬯植靈芝鋤歧穗挹醴滋遂乃凱風回猋甘露匝時農夫詠於田隴織婦欣而綜絲黃吻之齓含哺而怡鮐背之老擊壤而嬉古雖稱乎赫胥昌若斯之大治乎于時上富於春秋聖德汪濊奇志妙思神鑒靈察方將審御陰陽增耀日月極禎祥於遐奧飛仁風以樹惠既遊精於萬機復逍遙乎六藝兼覽儒林抗思乎文藻之場囿容與乎道術之疆畔超天路而高峙階清雲以妙觀將參跡於三皇豈徒論功於大

漢天地位矣九域清矣皇化四達帝猷成矣明哉元首股肱貞矣禮樂既作興頌聲矣固封泰山禪梁甫歷名山以祈福周五方之靈宇越八九於往素踵帝王之靈矩流餘祚於黎烝鍾元吉乎聖主

相論

世固有人身瘠而志立體小而名高者於聖則否是以堯眉八彩舜目重瞳禹耳參漏文王四乳然則世亦有四乳者此則駑馬一毛似驥耳又曰宋臣有公孫吕者

長七尺面長三尺廣三寸若此之狀蓋遠代而求非一
世之異也使形殊於外道合其中名震天下不亦宜乎
語云無憂而戚憂必及之無慶而歡樂必隨之此心有
先動而神有先知則有先見也故扁鵲見桓公知其將
亡申叔見巫臣知其竊妻而逃也荀子曰以為天不知
人事耶則周公有風雷之災宋景有三舍之福以為知
人事耶楚昭有弗禜之應魏文無延期之報由是言之
則天道之與相占可知而疑不可得而無也

辯道論

世有方士吾王悉所招致甘陵有甘始盧江有左慈陽城有郗儉善辟穀悉號數百歲所以集之魏國者誠恐此人之徒接姦詭以欺衆行妖慝以惑民豈復欲觀神仙於瀛洲求安期於邉海釋金輅而顧雲輿棄文驥而求飛龍哉夫帝者位殊萬國富有天下威尊彰明齊光日月宫殿闕庭焜耀紫薇何顧乎王母之宫崑崙之域哉夫三鳥被致不如百官之美也素女嫦娥不若椒房

之麗也雲衣羽裳不若黼黻之飾也鴛螭載霓不若乘輿之盛也瓊蕊玉華不若玉圭之潔也而顧為匹夫所罔納虛妄之辭信眩惑之說隆禮以招弗臣傾產以供虛求散王爵以榮之清閑館以居之經年累稔終無一驗雖復誅其身滅其族紛然足為天下一笑矣若夫玄黃所以娛目鏗鏘所以聳耳媛妃所以紹光芻豢所以悅口也何以甘無味之味聽無聲之樂觀無彩之色也

藉田說

春耕於藉田郎中令侍寡人焉顧而謂之曰昔者神農
氏始嘗萬草教民種植令寡人之興此田將欲以擬乎
治國非徒供耳目而已也夫營疇萬畝厥曰上下經以
大陌帶以横阡此亦寡人之封疆也日殄没而歸館晨
未昕而即野此亦寡人之先下也菽藿特疇禾黍異田
此亦寡人之理政也及其息泉涌庇重陰懐有虞撫素
琴此亦寡人之所親賢也刺蘩臭蔚棄之遠疆此亦寡
人之所遠佞也若年豐歳登果茂菜滋則臣僕小大咸

取驗焉又曰封人有能以輕鑿脩鈎去樹之蝎者樹得以茂繁中舍人曰不識天下者亦有蝎者乎寡人告之曰昔三苗共工鯀驩兜非堯之蝎歟問曰諸侯之國亦有蝎乎寡人告之曰齊之諸田晉之六卿魯之三桓非諸侯之蝎歟然三國無輕鑿脩鈎之任終於齊簒魯弱晉國以分不亦痛乎曰不識為君子者亦蝎乎寡人告之曰固有之也富而慢貴而驕殘仁賊義甘財悅色此亦君子之蝎也天子勤耘以收一國大夫勤耘以收世

祿君子勤耘以顯令德夫農者始於種終於穫澤既時矣苗既美矣棄而不耘則改為荒疇蓋豐年者期於必收譬脩道亦期於殁身也

令禽惡鳥論

國人有以伯勞生獻者王召見之侍臣曰世人同惡伯勞之鳴敢問何謂也王曰昔尹吉甫用後妻之說殺孝子伯奇吉甫後悟追傷伯奇出遊於田見鳥鳴於桑見其聲噭然吉甫動心曰伯勞乎乃撫翼其音尤切吉甫

乃顧謂曰伯勞乎是吾子棲吾輿非吾子飛勿居烏尋聲而栖于蓋吉甫遂射殺後妻以謝之故俗惡伯勞之鳴言所鳴之家必有尸也此好事者附名為之說而令普傳惡之斯實否也伯勞以五月而應陰氣之動陰為賊害蓋賊害之鳥也其聲鶪鶪然故俗憎之若其為人災害愚民之所信通人之所略也鳥鳴之惡自取憎人言之惡自取滅不有能累於當世也而凶人之行弗可易梟鳥之能不可更者天性然也昔荆人之梟將巢於

吳鳩遇之曰何去荆而巢吳乎梟曰荆人惡予之聲鳩曰子不能革子之音則吳楚之民不異情也為子計者莫若宛頸戢翼終身勿復鳴也昔會朝議者有人問曰寧有聞梟食其母乎有荅之者曰甞聞烏反哺未聞梟食母也問者慚唱不善也得善者莫不訓而放之為利人也得惡者莫不糜之齒牙為害身也鳥獸昆蟲猶以名聲見異況夫吉士之與凶人乎

魏德論謳

穀

於穆聖皇仁暢惠渥辭獻減膳以服鰥獨和氣致祥時
雨洒沃野草萌芽變化嘉穀

禾

猗猗嘉禾惟穀之精其洪盈箱協穗殊莖昔生周朝今
植魏庭獻之朝堂以照祖靈

鵲

鵲之彊彊詩人取喻今存聖世呈質見素饑食苕華渴

飲清露異於儔疋衆鳥是騖

鳩

班班者鳩爰素其質昔翔殷邦今為魏出朱目丹趾靈姿詭類載飛載鳴彰我皇懿

髑髏說

曹子遊乎陂塘之濱步乎蓁穢之藪蕭條潛虛經幽踐阻顧見髑髏塊然獨居於是伏軾而問之曰子將結纓首劒殉國君乎將被堅執銳斃三軍乎將嬰茲固命疾

隕傾乎將壽終數極歸幽冥乎叩遺骸而嘆息哀白骨之無靈慕嚴周之適楚儻託夢以通情於是伻若有來怳若有存影見容隱厲聲而言曰子何國之君子乎既往與駕閔其枯朽不惜咳唾之音而慰以若言子則辨於辭矣然未達幽冥之情死生之說也夫死之為言歸也歸也者歸於道也道也者身以無形為主故能與化推移陰陽不能更四時不能虧是故洞於纖微之域通於怳惚之庭望之不見其象聽之不聞其聲挹之不充

注之不盈吹之不凋嘘之不榮激之不流凝之不停寥落冥漠與道相拘偃然長寢樂莫是踰曹子曰予將請之上帝求諸神靈使司命輟籍反子骸形於是髑髏長呻廓然歎曰甚矣何子之難語也太素氏不仁勞我以形苦我以生令也幸變而之死是反吾真也何子之好勞而我之好逸乎予將歸於太虛於是言卒響絶神光霧除顧將旋軫乃命僕夫拂以玄塵覆以縞巾爰將藏彼路濱覆以丹土翳以緑榛夫存亡之異世乃宣尼之

所陳何神憑之虛對云死生之必均

曹子建集卷十

總校官舉人臣章維桓
校對官助教臣周鋐
謄録監生臣王登贇

圖書在版編目（CIP）數據

曹子建集 / (三國魏) 曹植撰. — 北京：中國書店，2018.8
ISBN 978-7-5149-2091-8

Ⅰ. ①曹… Ⅱ. ①曹… Ⅲ. ①曹植（192–232）–文集②中國文學–古典文學–作品綜合集–魏國 Ⅳ. ①I213.612

中國版本圖書館CIP數據核字(2018)第084986號

四庫全書·別集類

曹子建集

作　　者　三國魏·曹 植 撰
出版發行　中國書店
地　　址　北京市西城區琉璃廠東街一一五號
郵　　編　一〇〇〇五〇
印　　刷　山東潤聲印務有限公司
開　　本　730毫米×1130毫米　1/16
印　　張　15.75
版　　次　二〇一八年八月第一版第一次印刷
書　　號　ISBN 978-7-5149-2091-8
定　　價　五八 元

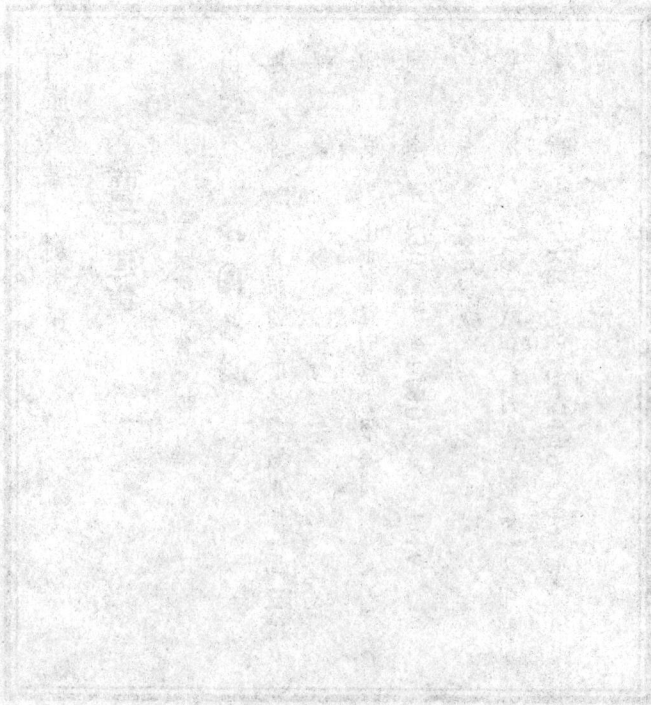